Gilbert PASTORE

Nous avions vingt ans

Rouge, vert, noir, bleu. Les bérets n'ont de commun entre eux que la valeur des hommes qui les portent. Ils sont venus de tous les horizons pour obtenir le droit de s'en coiffer, qu'ils soient blancs, noirs, rouges ou halés. Le désir, la foi et l'amour pour ce couvre-chef n'ont d'équivalent que leur fierté de l'avoir gagné et d'être, par ce fait, ce qu'ils sont, une unité d'élites qu'ils ont librement choisie.

Moi, Maurice Udoix, j'ai eu cette chance, cet honneur. Et si aujourd'hui à l'automne de ma vie, les jeunes qui me croisent dans la rue me prennent pour un « croulant », je m'en fous. Et même si parfois certains passagers vont dans un métro, un bus jusqu'à me laisser leur place, cela m'est égal. Mon passé est pour beaucoup dans leur présent. Je refuse d'ailleurs avec un pincement au cœur leur proposition, devinant dans leur regard, ce qu'ils y voient : un visage raviné par les ans ! Pourtant aujourd'hui, comme la majorité de mes amis restants, avec un corps qui parfois me trahit, je suis resté le même. Si à l'instant la patrie avait besoin de moi, de nous, nous répondrions présents. Mourir pour elle : oui, la tête haute et en gants blancs. J'avoue que parfois, lorsque les soirées sont trop longues et que les petits bobos m'assaillent, je rêverais de finir ainsi. Cette fin me serait plus douce que de finir dans mon lit, si douillet soit-il.

Alors ? Alors fusilier marin, commando, para, c'est pour beaucoup de gens des corps d'armée de « casse-cou » composés d'hommes un peu à part. C'est peut-être vrai, mais avoir droit d'en faire partie est un dur apprentissage, une formation qui vous arrache les tripes. Pour se le mettre sur la tête ce béret, il faut en vouloir. Il ne se trouve pas dans les pochettes surprises. Mais alors quel bonheur de se le visser sur la tête. J'en ai connu de ces types qui se foutaient de tout sauf de ce bout d'étoffe. Ils l'avaient posé sur leur caboche lors de la dernière guerre de 39-45, en Indochine, en Algérie. Enfin, partout où on avait besoin d'eux. Leurs successeurs le portent aujourd'hui comme avant avec dignité et honneur.

Mais, me direz-vous, comment entre-t-on dans ces corps d'élite ?

Et bien voilà, je vais essayer de vous répondre.

Assis dans ma chaise longue, regardant pousser le gazon par cette journée ensoleillée de fin de printemps, un verre de whisky légèrement mouillé de Perrier et de glaçons teintant contre les parois du verre embué, face à une mer qui, à quelques encablures plus loin, semble s'échiner à laver les rochers, je vais vous parler de copains, de commandos, d'amis, matelots, quartiers-maîtres, sous-officiers ou officiers. La vie de chacun d'eux mériterait un livre, mais ne vous y trompez pas pour autant, ceci est un roman. Et même, si certains faits sont parfaitement authentiques, beaucoup de noms de sites ou de commandos réels, ce n'est pas une biographie ni un récit historique. En un mot comme en cent, c'est un hommage à ces hommes dont l'existence a été chargée d'émotions, de dangers, de montées d'adrénaline dans le sang. Le tout dans un cocktail d'aventures mélangées à la sueur, à la peine et à la peur, à la joie d'être ensemble. Ils me l'ont demandé ce bouquin simplement comme ça, entre hommes, avec leurs mots, leurs phrases que j'ai respecté le plus possible afin que rien ne soit dénaturé. Car leurs souvenirs n'appartiennent qu'à eux. Et s'ils nous font un peu partager ceux-ci, remercions-les et surtout ne nous attachons pas au style qui peut être parfois simple et plutôt direct. Ceci pour laisser ces hommes, ces héros, être ce qu'ils ont l'habitude d'être. C'est ce que je m'efforcerai de respecter.

Certains ne tiennent pas à ce que leur nom apparaisse. Je peux comprendre leur désir. Quant à ceux qui sont partis pour ne plus revenir, on leur doit bien cela, parler de leur commando, de ce qu'ils ont vécu, de leur jeunesse, bref : de leur vie. Beaucoup auraient aimé que ne soient relatées que leurs aventures, leurs souffrances, leur gloire. Qu'ils m'excusent, mais ce roman est un petit clin d'œil, une page d'histoire d'un groupe, d'une équipe, pas d'un seul homme.

Commençons donc par le début. Pourquoi s'engage-t-on ? Plusieurs historiens vous en diront plus et mieux sur ce chapitre. Pour moi, on ne devient pas commando, on naît commando. Le destin, ce fameux destin vous y pousse souvent malgré vous. C'est comme ça. C'est le cas de plusieurs amis qui ne savaient pas, qui ne s'imaginaient pas qu'ils entreraient dans ce corps d'élite. Ils se sont retrouvés là comme ça, lors d'une situation qui demandait une décision. Cinq minutes avant, ils l'ignoraient donc et pourtant une seule réponse s'est imposée à eux. Oui à l'armée, mais dans les paras, les commandos. Il y a aussi ceux qui l'ont toujours désiré.

Chapitre 1 – *Un peu d'histoire*.

Fusiliers marins. Un bref rappel.

Ils sont destinés à la fin des années trente à trois missions aux fonctions pas forcément réalisables dans leur organisation. Décret gouvernemental de 1930.

1 – Ordre et police dans la marine, bâtiment de mer et de terre.

2 – Chargés de la mise en condition physique des équipages.

3 – Opération de débarquement et de combat à terre.

Pendant très longtemps en effet, les missions combatives à terre ne s'effectuaient pas forcément avec tout l'impact et le réalisme nécessaire à des opérations rapides, parfois très dangereuses, nécessitant de véritables professionnels. Les équipages débarqués malgré leur courage n'étaient souvent que des marins sans spécialités, équipages pris parmi le personnel de bord, encadrés par trop peu de fusiliers marins (sacos). Il faut donc constituer des stages de fusiliers marins performants. Une véritable organisation fut donc mise sur orbite. Le premier stage de commandos date de 1946. Il eut lieu à Siroco, au cap

Matifou près d'Alger, créé sur un ancien site sanitaire à trente-cinq kilomètres de la capitale algérienne. Les principaux commandos français ? Ils se nomment Jaubert, Montfort, Penfentenyo, François Hubert. D'autres commandos ont fait parler d'eux. Merlet, Ponchardier, et apparurent les partisans commandos. Yatagan, Tempête, etc… Mais avant, il faut rendre hommage au commando Keiffer qui a œuvré et su donner une image aux commandos. Il débarqua en Normandie. Il faut entrer dans l'histoire de France des années 40-45 pour savoir que le commandant Keiffer s'y est fait un nom. Si l'on a soif de plus de renseignements, d'excellents ouvrages existent. Ils parlent de tout ce qui a trait à ce grand soldat. Disons simplement que cet ouvrage veut honorer la marine soulignant l'existence de certaines figures marquantes d'un petit hommage particulier, une reconnaissance. Il ne s'agit pas d'un dictionnaire exhaustif de l'histoire de la marine. Ce n'est donc pas, je le répète, une chronologie, un recueil de toutes les heures de gloire des fusiliers marins, des commandos.

Donc principal impératif pour être candidat commando : en avoir envie ! Car les épreuves sont dures pour y parvenir. Mais une obligation physique existe : la taille ! Un mètre soixante-dix minimum, celle-ci, de l'époque 1946 et toute proportion gardée, correspondant aujourd'hui à un mètre soixante-quatorze. Et puis… Et puis le stage par lui-même ! Que d'épreuves chronométrées à surmonter. Marche en tenue de campagne avec tout l'équipement prévu à cet effet, fusil, etc… tout comme les épreuves de natation, le parcours du combattant, d'obstacles, épreuves de tir, poignard, révolver, close combat. Plein d'épreuves diverses comme topographie, secourisme, résistance physique, commandement et initiative, etc... Enfin, la cerise sur le gâteau une fois passées toutes ces épreuves : le béret sur la tête ! Avec tout ce qui va avec : le badge, le certificat de fusilier, le brevet de commando, la tenue de parade et la camouflée. Stop, on arrête là. Même si mes amis éprouvent plus que de la fierté à arborer tous ces signes distinctifs d'une certaine élite de l'armée. Comme les policiers leur révolver à la ceinture, le gyrophare sur le toit de leur voiture de service et la sirène hurlante par-dessus le marché, Les CRS leur matraque et les grenades de gaz lacrymogène, médias et micros pour les hommes politiques. Ou appareil photo pour les japonais. Chaque être humain veut être reconnu et c'est normal. De nombreux copains m'ont fait parvenir leur histoire, leurs aventures, tous persuadés que ce qu'ils ont précisément vécu intéresse la terre entière... Pourquoi pas, d'ailleurs ! Seulement voilà, il y a la réalité des faits, la vie de chacun n'intéresse le plus souvent que ceux qui l'ont partagée ou alors faire partie d'un vedettariat tous genres confondus. Mais restons entre nous. Voilà, bonjour à vous tous, qui avaient participé de près ou de loin à la grandeur de notre pays.

A tout seigneur, tout honneur, et salut donc à mon ami Travaillini qui a eu sans doute l'une des vies les plus aventureuses qui puisse s'imaginer. Bravo à ce béret vert qui a sans nul doute coiffé la tête d'une pléthore d'hommes aux aventures héroïques, drôles, romanesques ou épiques. Il n'a peut-être pas fait l'Algérie mais l'a vécue intensément à travers des amis qui eux y participaient.

Il a le droit d'entrer dans la légende. Mais laissons, cette fois, un autre de ces marines d'élite parler.

Chapitre 2 – *Les années 50*

Cette journée à Nice est belle ! Nice, la Bella ! Les mimosas sont chez eux partout en ce milieu de printemps. La mer est bleue. Les filles commencent à se vêtir de robes légères aux larges ceintures, pulls de coton léger, moulant des poitrines ne demandant qu'à s'éclater au soleil, à sortir de leur petite prison. Leurs chaussons montés sur semelle de liège ou ballerines encerclent des pieds rêvant de danse. L'une d'elle, Gisèle, est comme ça.

Il faut vous dire que Gisèle est ma copine, ma vraie copine. D'ailleurs nous voulons nous marier et nous le ferons dès que cela sera possible, comprendre sans l'autorisation de ses parents.

A cette époque, il faut avoir vingt-et-un ans pour être majeur et ce n'est pas notre cas. Encore un an pour moi et deux ans pour elle. Ça fait beaucoup un an quand on est jeune et que l'on s'aime. Oh, bien sûr, on prend un peu d'avance avec Gisèle. En faisant attention car la chape de plomb est sur nos têtes. Vous pensez ! Un enfant sans situation, sans que j'ai accompli mon service militaire, sans argent… Et surtout sans être mariés, attention les yeux ! Même si à l'époque j'avais du courage à revendre et pas regardant sur le travail à accomplir. Bref, pour nous et surtout pour l'honneur de Gisèle, nous ne faisions pas attention, mais très attention. Méthode Ogino et tout le reste. Les conséquences d'une imprudence auraient été catastrophiques. Pour le père de Gisèle, un bijoutier-horloger honoré et respecté sur la place de Nice, avoir une fille mère comme enfant : impensable ! Lui, un orpailleur de luxe et fier de l'être, il aurait eu un coup de sang. D'autant que notre seule entrevue lui et moi s'est terminée sur une sentence de sa part envers sa fille, irrévocable : « jamais tu n'épouseras ce Jean-foutre ! ». Mais nous nous aimons et le reste, on s'en fichait un peu.

En cet après-midi donc, il fait beau sur Nice. Ici le soleil est présent fin avril. Nous sommes vendredi pour être précis. Aujourd'hui encore je m'en souviens, et pourtant plus de cinquante ans ont défilé depuis.

Nous sommes heureux, main dans la main avec Gisèle. Les heures heureuses passent vite et ne peuvent malheureusement se retenir. Nous aurions bien aimé poursuivre celles-ci plus intimement, dans un endroit discret comme sur le petit rafiot de mon oncle Loïc, amarré sur le vieux port. Mais l'heure aujourd'hui ne nous le permet plus. Tonton est rentré trop tard de pêcher la girelle avec ses deux complices, Fred dit sac à vin et Christophe dit Pipette. D'où pour Gisèle et moi, tintin pour le transport en commun comme nous l'espérions tous les deux.

Alors allongés sur la plage caillouteuse qui fait la réputation de Nice, juste à côté des transats de celle de l'hôtel du Beau Rivage, nous parlons d'avenir.

— Tu seras comptable, chéri. C'est un métier qui paye bien et tu pourras, comme mon cousin Arthur, faire des petits extras chez les commerçants, surtout en fin et début d'année. Ainsi avec ton salaire et mon traitement d'institutrice, nous pourrons voir venir.

— Tu sais, moi, comptable… Tu as vu ce que mon apprentissage de photographe a donné : un bide.

— Je te comprends, mais ce n'est pas avec ton Jujitsu et ta boxe que nous pourrons vivre. Car je ne veux pas, et tu le sais, que tu continues ces sports de brute au risque de te faire casser les dents et le nez. Et puis, tu te rends compte que si nous avons un enfant, il nous faudra de l'argent. Et un père boxeur ça ne fait pas sérieux. Que diront mes parents, d'ailleurs, avec les amis que tu as en plus, tu y penses ? Tu prendras des cours du soir, je t'aiderai.

— Mes amis, chérie, sont ce qu'ils sont ! Aussi bien que les tiens. Et paraît-il que j'ai des dispositions pour ces sports de brutes comme tu les appelles.

— Nous n'allons pas continuer à nous chamailler comme ça, non ? Comptable et si tu veux tu pourras continuer ton sport le dimanche. Pas le samedi car nous irons dîner chez Papa et Maman. Et puis tu sais, mon chéri, nous travaillerons ensemble pour que tu deviennes expert-comptable. Tu peux y arriver !

— Et toi, professeur sans doute ?!

Je la laisse parler. Faire ceci ou cela, c'este facile à dire comme ça, sur des paroles ou sur du papier, mais en réalité, il y a des gens plus doués que d'autres pour l'instruction. Mais j'aime Gisèle, et si ça lui fait plaisir de rêver, pourquoi lui enlever cet espoir ?

— Oui, tu sais chéri, pourquoi voir petit ? Nous ne sommes pas plus bêtes que d'autres. Il faut oser faire mieux et aller plus loin que le bout de son nez.

— Bien sûr. Mais moi, les études, je n'ai jamais été très performant.

— Quand on veut, on peut. Nous nous aimons, alors tout est possible !

Je la regardais, avec ses fossettes, ses yeux qui lançaient des éclairs chargés à la fois d'amour et de détermination. Une sacrée chance que j'avais d'avoir une poulette comme ça pour moi seul. Sûr que plus tard on s'en sortirait tous les deux. Ça sait où aller ces petits bouts de femmes. Mais le temps, ce temps qui en veut aux personnes âgées en allant trop vite, en veut également aux amoureux.

Dix-huit heures trente. Chez les parents de Gisèle, des métronomes, noblesse d'horloger oblige, l'heure, c'était l'heure. Tout était programmé dans sa famille. Vingt heures dîner, vingt-deux heures maxi coucher, sept heures lever, douze heures quarante-cinq déjeuner.

L'autorisation de sortie de Gisèle de dix-huit heures trente expirait.

En bref, il fallait obéir, sinon sanction probable. On ne badinait pas avec l'exactitude chez les Sebastini. Dix-huit heures trente, c'est dix-huit heures trente. Rompez ! Comme aurait pu le dire Monsieur Sebastini, ex adjudant de réserve de 39/45.

Pour moi, c'était différent. En l'absence de mon père, représentant en gazinières et fours encastrables partant du lundi au vendredi inclus sur les belles routes du midi de la France pour placer ces « bécanes » comme il appelait ces appareils ménagers, ma mère et moi menions une vie de bohème qui en fait me convenait parfaitement. Son métier : photographe culturel. Comprenez par là employée par la région et la mairie pour photographier les lieux publics, les musées, les fêtes locales, les expositions et les réunions publiques pour en permettre la promotion dans des catalogues, des prospectus auprès du monde entier. Son métier ne lui permettait pas d'avoir forcément des horaires fixes. Nous nous rencontrions dans les lieux de bouffe près de chez nous à des heures très différentes chaque jour. Cependant elle se faisait un devoir de déjeuner chaque matin avec moi. C'était à ce moment que nous nous donnions rendez-vous pour le soir, pratiquement toujours pour manger de la socca, pissaladière, pizza ou salades variées. Sa R8 tournait à plein car quelle qu'était sa mission à Marseille ou à Monaco, sauf très rares exceptions elle rentrait à la maison, rue Lascaris. Ma mère tenait à assumer son rôle de mère et d'épouse. Pour elle, cela consistait à être à l'appartement le plus souvent possible, quitte à n'y rester parfois que quelques heures. Bien entendu, il était hors de question pour elle de dormir ailleurs que rue Lascaris les vendredis, samedis et dimanches soirs. Ceux-ci étaient consacrés à sa famille, c'est-à-dire à mon père et moi, et le repos du samedi avec mon oncle et ma tante.

Donc ce fameux vendredi, je suis rentré chez moi directement après avoir quitté Gisèle. Je savais que ce soir, soit ma mère soit mon père serait en train de préparer un vrai repas. De toute façon, j'étais très fier d'eux. Aussi bien lorsque j'allais rejoindre ma mère Denise dans un endroit extérieur pour manger à une heure oscillant entre dix-neuf heures et vingt heures, car je faisais des envieux tant elle était jolie et élégante dans ses habits un peu bohèmes aux couleurs vives, que lorsque le dimanche matin nous allions, mon père et moi, faire un tiercé sur la place Masséna. Mon père était ce qu'on appelle un type beau. Pas un bel homme, non ! Un type beau ! A dire vrai, ils formaient un couple super. Les femmes pensaient de mon père Jacques qu'il était un type bien « elle en a de la chance, Denise », et inversement les hommes trouvaient que mon père avait une chance énorme d'avoir une épouse comme ma mère. En fait, j'étais heureux entre ma famille, mon sport et mes occupations très diverses qui me rapportaient de quoi apporter mon écot matériel à ma famille. Je l'ai su plus tard, ils faisaient semblant d'accepter mon argent pour le mettre sur mon livret de Caisse d'Epargne et autres placements.

Tout au long du chemin qui me rapprochait de mon domicile, je me rappelais le moment où j'avais quitté Gisèle. Nous étions les mains serrées très fort avant de nous embrasser sur un banc. Les gus nous regardaient mochement pour la plupart. Un gros baiser, puis des furtifs, ceux qui voudraient aller plus loin mais que le temps ne permet pas. Tout ça avec les réflexions des passants comme dans la chanson de Brassens, vous savez : les bancs publics. Et puis… Et puis ces minutes qui ressemblaient à des secondes nous rappelaient sans cesse que nous devions rejoindre la place Masséna. Dernier mot d'amour, un petit bisou du bout des doigts après nous être promis de nous revoir le lendemain, treize heures trente, en espérant le bateau de tonton.

Voilà, je suis chez moi. Je rencontre madame Cavalo, notre concierge, et son mari, agent de police.

— Alors, petit, ça va les amours ? Et le boulot ?

Ils m'ont presque vu naître elle et lui.

— Oui, Monsieur Cavalo. Bien pour tous les deux. Ça baigne !

— Espérons que ce n'est pas dans l'huile de friture que je sens chez toi.

Ils rentrent tous les deux dans leur loge en riant.

Mes parents sont là, heureux.

La nuit succède à la soirée. Nos lits nous attendent, nuit longue comme les autres sans doute. Pour moi dans l'attente de mon rendez-vous avec Gisèle.

Le lendemain arrive. Nous sommes samedi. J'attends. Quatorze heures. Quatorze heures trente. Elle, Gisèle, si exacte, que lui arrive-t-il ? C'est la première fois qu'elle est en retard. Son père ?!

Je vais roder près du magasin de la famille Sebastini. Il est fermé ! Curieux, fermé un samedi. Pas d'explication à cela. J'entre dans la confiserie proche de la bijouterie.

— Bonjour madame. Le bijoutier est fermé aujourd'hui ?

— Vous ne savez pas ?

— Que dois-je savoir, madame ?

— Un hold-up, hier soir vers vingt heures. Chez eux évidemment puisqu'ils ferment le magasin vers dix-neuf heures, dix-neuf heures trente maxi. Cela s'est passé peu de temps après qu'ils soient remontés chez eux.

— Et alors ? Mon ventre gargouille un peu. Beaucoup en fait.

— Et bien Monsieur Sebastini a été blessé à la tête par une matraque à ce que m'a dit mon beau-frère qui est inspecteur de police et qui étant de service a assisté à l'enquête.

Madame Sebastini a reçu une balle dans le ventre. Elle voulait, paraît-il, défendre la sacoche de la recette.

— Et Gisèle ?

— … Disons qu'elle a été malmenée.

— Comment l'a-t-on appris ?

— Ce matin, la femme de ménage les a découverts ligotés dans la salle à manger.

— Où sont-ils ?

— Transportés aux urgences. Ils doivent sans doute y être encore.

— Leur fille Gisèle aussi ?

— Bien sûr, avec ce qu'elle a subi de la part de ces monstres ! Quelle époque pourrie nous vivons. On n'est même plus en sécurité en pleine ville. Ils devaient être bien renseignés pour savoir que le magasin communiquait avec l'appartement !

— Et ils sont à l'hôpital ?

— Les Sebastini ? Oui, bien entendu !

La gérante est intarissable.

— Il paraîtrait qu'ils ont volé gros. L'enquête, d'après les premiers indices recueillis auprès du père Sebastini tourneraient vers le petit ami de leur fille, un va-nu pied qui passe ses journées dans les salles de bar avec les voyous du coin. Mon mari m'a dit que c'est sans doute la même équipe qui a fait le casse de la banque à Saint Laurent du Var, vous savez, au mois de décembre, l'année dernière.

— Pourquoi ?

— Parce qu'un des types reconnu était chinois comme celui de la bande à Saint Laurent.

— Un japonais d'après les journaux de l'époque.

— Oh, vous savez, chinois, japonais, ils se ressemblent tous.

Je voudrais partir. Cette femme m'agace mais je reste cloué au sol.

— Vous êtes un ami de la famille ?

— Je connaissais très peu Monsieur et Madame Sebastini. Leur fille Gisèle, oui.

— Alors allez la voir, ça lui fera plaisir. Elle doit être commotionnée. La pauvre, ils étaient trois, vous vous rendez compte ?

Je la quitte en bénissant la cliente entrée qui me permet de m'esquiver.

Effondré, j'erre dans les rues niçoises puis je me décide à me rendre à l'hôpital où je demande à voir Gisèle.

On me demande de patienter.

Dix minutes après, montre en main…

— Monsieur Udoix Maurice ?

— Oui.

— Voulez-vous nous suivre ?

— Où ?

— Au commissariat.

— Mais pourquoi, messieurs ?

— Allez, viens. Et ne fais pas le mariole avec nous.

L'un des deux ricane.

— Commissariat, t'as pas compris ? Montre-lui ta carte, Louis.

Ce dernier m'exhibe une carte plastique. Le mot Police barré de tricolore. Louis Secrétin, inspecteur.

— Et alors ?

— Et bien tu viens avec nous gentiment. Nous avons besoin de discuter avec toi.

Le commissariat où je fus conduit était sans doute comme tous les autres, mais celui-ci j'y ai passé huit heures d'interrogations musclées.

Quelques coups, cela va s'en dire. Mais je crois qu'il vaut mieux le dire, des mots tendres pour ma mère, mon père et ma petite personne.

Tout aurait continué si le commissaire, ma foi un bon flic, n'était arrivé. Il a écouté puis m'a demandé où je me trouvais à vingt heures quinze la veille.

— Chez moi.

— Rencontré quelqu'un ?

— Monsieur et Madame Cavalo.

— L'agent de police ?

— Oui.

— Ah ! Le 16 décembre de l'année dernière, tu étais où ?

Je réfléchis.

— A un championnat amateur de boxe à Lyon.

— Le 16 décembre ?

— Oui, du 14 au 19 décembre.

Il sort d'un album la photo d'un chinois.

— Tu connais ?

— Non.

— Et la fille Sebastini ?

— Oui.

— Comment ?

— Nous nous sommes promis l'un à l'autre.

— Ecoute bien et réponds franchement. Avez-vous eu des rapports ensemble ? C'est important, réfléchis bien.

Je baisse la tête. J'ai un peu honte.

— C'est important, insiste-t-il.

— Nous nous marierons dès que possible.

— Réponds à ma question.

— Oui, monsieur le commissaire.

— Souvent ?

— Quelques fois.

Le commissaire se lève et sort avec les deux inspecteurs. Puis l'un des deux revient.

— Tu es libre mais fais gaffe à toi, ne quitte pas Nice, hein ? Et t'approche plus de ta promise. T'as pas la cote auprès de tes futurs beaux-parents.

Je sors et me rends directement au domicile des Sebastini. La fille de la concierge, de mon âge, est une fille super, je la connais depuis la communale.

— Tu as vu Gisèle, Andrée ?

— Non, personne. Mais je vais demander à mon père.

Ils reviennent tous les deux.

— Non, personne mon petit Paul.

Je repars le cœur gros. Il est vingt heures. Je rentre chez moi. Mes parents sont là.

— C'est à cette heure-là que tu rentres, mon gamin ? Tu as un problème ?

J'explique l'affaire. Ma mère est atterrée. Mon père s'énerve, comme à son habitude.

— Pour qui nous prennent-ils ? D'abord tu es mineur donc la police aurait dû nous prévenir ta mère et moi…

Des paroles, beaucoup de paroles. D'ailleurs c'était normal, son métier le voulait. C'est bien connu, on répète dans la vie familiale ses qualités professionnelles. Il continue.

— La prochaine fois téléphone-moi et ils verront. Non mais des fois !

Ma mère est triste pour moi. Avec ses mots à elle, elle essaie de me rassurer. Elle me plaint sans avoir l'air de le faire, comme les mères savent si bien le faire.

— Tu verras, Gisèle va t'appeler. Il faut comprendre son silence avec ce qu'elle vient d'endurer.

— Je comprends, Maman, je comprends.

Mais au fond de moi je sais bien que ce n'est pas vrai.

La nuit est longue, très longue, triste à mourir.

La haine s'insinue dans tout mon être.

Le lendemain.

L'affaire va vite. La police a fait, semble-t-il, la relation avec ce qui s'est passé à Saint Laurent du Var. Ce sont les policiers que je suis allé voir et qui m'ont reçu, sinon gentiment, du moins correctement qui me l'ont affirmé.

J'ai essayé de voir Gisèle, sans résultat. La tristesse mêlée à la rancœur m'habite. Je me défoule dans les salles de boxe et de close combat.

Deux jours plus tard, je passe chez mon informatrice, la patronne de la confiserie.

Il semblerait que la police ait intercepté une bande de malfrats mais qui se sont comme par hasard dégottés des alibis bétons. Le fameux poker avec des amis et dix personnes au moins qui affirment qu'ils n'ont pas quitté la table de jeux, à les entendre depuis qu'ils sont nés. Et pourtant ce sont eux. La police en est sûre. Pour la marchande de chocolat, la police les aura. Son beau-frère lui a confirmé qu'ils n'en étaient pas à leur coup d'essai.

Quatre jours plus tard, presque une semaine jour pour jour après le hold-up, j'ai revu Gisèle en cachette. Je dû la surprendre car elle ne répondait pas à mes appels téléphoniques. En rusant, je l'ai croisée dans sa promenade journalière à l'hôpital. Heureusement car elle quittait l'hôpital le lendemain.

Apeurée et baissant les yeux, elle m'a avoué que l'un d'eux me ressemblait, hormis son odeur corporelle, une odeur forte, aillée. Un autre portait une chevalière avec un camé noir. Et enfin le dernier, le plus atroce, avait des chaussures en croco. Ils ressemblaient à des fauves. Mais tout cela était flou dans sa tête. Sa mère se remettait lentement de la blessure mais elle garderait à n'en pas douter des séquelles. Lesquelles ? Là le chirurgien ne pouvait pas encore se prononcer. Le père Sebastini avait, lui, repris son travail. Il avait ordonné à Gisèle de quitter Nice pour Brest, chez sa tante.

Atterré je l'étais, le monde entier était mon ennemi et même le fait que la police ait peut-être trouvé la culpabilité sur une nouvelle affaire du voyou ressemblant étrangement à celui qui avait la chevalière en camé n'y changeait rien. Et il avait toujours un alibi. Cette fois il était en mer avec des copains. Mais si des témoins avaient bien vu partir la barcasse, aucun ne pouvait affirmer avec certitude qu'il était avec eux.

Une semaine encore s'est écoulée. Je passe mon temps à m'entraîner. Nous nous sommes revus Gisèle et moi dès son retour chez elle et avant son départ pour Brest. Elle m'aime. Je l'aime. Mais il faut que je prenne une décision. Brest, ce n'est peut-être pas le bout du monde, mais c'est loin pour des amoureux sans argent. Avoir vingt ans en 1950, cela voulait dire que pour un garçon avec pour seuls bagages un certificat d'études et une ceinture marron de karaté, que ça n'allait pas le mener loin. La boxe pouvait élever un individu mais Gisèle ne voulait pas en entendre parler. Pas d'avenir ni d'espoir de réussite lorsque l'on ne naît pas nanti. Il faut savoir se contenter de ce que l'on a, savoir s'adapter. D'ailleurs, comme me le disait ma mère, j'étais en bonne santé et nous ne manquions de rien. Mon père voulait faire de moi un représentant d'articles de sport. Moi, je rêvais d'être comme un pote à moi : un « para ». Il était devenu en deux ans cabot chef. Alors j'ai réfléchi. En haut, dans le nord, il y avait la terre. Bien pour les paras. En bas, nous avions la mer. Alors, après avoir écrit à Gisèle que je l'aimais, j'ai trouvé ma solution, j'ai décidé de m'engager dans la marine – les fusiliers marins – pour devenir commando.

Mais avant, j'avais quelques affaires à régler et aussi à convaincre mes parents de mon intention !

Mon père a été d'accord mais avec réticence. L'Indochine, ça faisait peur à ma mère. Elle a dit oui à contrecœur.

Tous les deux ont dû s'absenter huit jours. Parfait pour moi. J'ai pu régler mes affaires avant leur retour et mon départ pour Hourtin près de Bordeaux, le centre de formation de la marine.

Il fallait que je fasse ce que j'ai fait sinon je n'aurais plus pu ni me regarder dans une glace ni regarder ma Gisèle en face. J'ai pu et su me conduire en homme avant de partir.

Les tests instructions niveau quatre plus m'ont permis de choisir la spécialité des fusiliers marins. C'était dans la poche, et c'est parti.

Deux mois de formation puis le départ à Marseille, quai de la Joliette pour Alger, sur l'Athos II. Terminus Siroco.

Pour moi, c'est parfait ! La sueur des entraînements militaires est la même que dans le sport. Cette transpiration, je l'aime autant que je détestais celle des chambres obscures des photographes l'été. C'était évidemment le métier que ma mère avait souhaité pour moi. Un moment elle avait rêvé de m'associer à son boulot. Hélas, ensuite mon père avait pris le relais. Hélas.

Ici je suis à mon aise. J'engrange les points qui me permettront de passer le stade suivant, celui de béret vert. J'en rêve. A mon sens, ma Gisèle et mes parents ne pourront n'être que fiers de mon béret vert.

L'entraînement est dur. Vous l'expliquer ? Des copains vous le décriront dans ce livre. Entrés dans la carrière après moi, ils n'en ont pas moins bavé pour l'avoir eux aussi ce sacré béret.

Lorsqu'on est jeune et amoureux, on est un peu fleur bleue. Avec ma prime d'engagement épargnée, j'ai envoyé à Gisèle de retour à Nice après quelques mois passés à Brest, retour après que ces parents aient appris mon départ, une jolie bague de fiançailles avec une photo de moi en couleur, en tenue de commando, coiffé du fameux béret vert. J'avais joint une promesse officielle de venir la prendre pour femme dès mon retour d'Indochine.

Je savais qu'elle était d'accord. Je l'avais eu au téléphone. Toujours aussi volontaire. Elle m'a presque fait promettre d'éviter les balles et de ne pas me porter volontaire. Entre nous, c'est puéril. Mais quand on aime, on peut bien promettre une chose bébête même si on sait qu'elle ne peut pas être réalisée.

1952. Je suis parti pour l'Indochine. Nous sommes partis sur le Skokoum, tous entassés. Voyage long, chaud et sans grand intérêt. Cap Saint Jacques, à l'embouchure de la rivière de Saïgon C'est là que j'ai appris la légende d'un commando de marine qui serait devenu un irrégulier vers la frontière chinoise après le désastre de Cao Bang. Un loup, paraît-il, mais personne aujourd'hui ne veut savoir ou ne sait qui il est. Alors comment trier le vrai du faux ? Les légendes sont comme le vent du désert qui souffle fort et passe sans laisser de trace. Il ne fait rien avancer et ne laisse que les rêves dans les têtes. Alors laissons rêver ceux qui le veulent.

En Indochine, pour moi, c'était les anciens, ceux de Merlet, de Ponchardier dit Pompom. Vous savez, le frère de l'auteur du Gorille. Et puis c'est aussi ma vieille connaissance. Burnichon, lui dans le commando François. Un rescapé du clocher de Ninh Binh. Mais avec le temps, on oublie beaucoup de choses. Les évènements vous échappent comme par malice. De temps en temps un flash comme celui où la Burniche m'a parlé de la royale. Accroché avec son commando par les viets, si mes souvenirs sont exacts, du côté du nord anam, ayant eu quelques ennuis ils avaient par chance été recueillis par un escorteur « l'Anamite ». Un de ses copains des îles avait évité peut-être le pire en ayant reçu des soins sur ce rafiot… C'est là que mon ami avait apprécié le confort peut-être relatif mais certains des sacos embarqués. Je lui avais demandé s'il aurait aimé être affecté sur un bâtiment.

« Pas question », m'avait-il répondu. J'ai rencontré un fusilier, un second maître-maistrancier, un nommé Letelier, il semblait trop s'ennuyer dans sa fonction de capitaine d'armes sur cet aviso pour ne faire que conforter mon désir de rester dans mon unité avec mes copains. Cet épisode et son accrochage dans la chapelle, beaucoup connaissent. N'en parlons donc plus. Et d'ailleurs, cinquante-quatre ans après c'est du passé alors !

Pour le reste de l'Indo ? Ce que m'en ont dit les anciens de Cao Bang, des milliers de morts, Langson. Pour moi diverses opérations. Rien à voir avec ses combats homériques, mais de la sueur du sang. Des merdes, encore des merdes. Ah, j'allais oublier Dien Ben Fu, les marins, la légion, les paras, le colonel Bigeard. C'est si loin aujourd'hui. Mais c'est aussi mon mariage avec Gisèle lors de mon retour d'Indochine malgré son cher père. Puis les commandos, mes copains d'Algérie, les opérations dans les mechtas, les douars, rien que du banal. Tchao à tous. Si j'avais un regret, ce serait de ne pas pouvoir revivre exactement ce que j'ai vécu. Pour les anecdotes bien sûr ! Mais elles sont enfouies au tréfonds de moi. Je ne suis pas encore mûr pour les raconter. Mais je promets… Dans le prochain livre, peut-être...

J'arrête là mon bavardage. On frappe à la porte. Par la fenêtre je vois deux flics, deux anciens inspecteurs de Nice. Décidément, ils ne lâchent rien ceux-là.

Chapitre 3 – *L'Algérie*.

Pendino, Levaufre, Henri Paul, Touraille dit Bobosse. Beaucoup pourraient en parler, le commandant Elies et d'autres amiraux, officiers mariniers, quartiers-maîtres et matelots. Pour certains de ceux cités, à eux la parole. Le romancier nous l'a promis. Alors commençons par …

Michel Levaufre. Issue de l'école des mousses de Loctudy en Bretagne. Il nous parle avec son cœur, ses tripes.

« Je suis commando et j'en suis fier. Commando un jour, commando toujours ! Je souhaite ne relater dans les pages qui suivent que des réalités, des faits, avec dates et circonstances qui ont amené ces évènements. Revivre pour moi les accrochages d'une époque où je vivais, où nous vivions. Ok, nous n'existions que pour ce que nous étions faits. Donc avec ce côté positif du commando auquel nous appartenions : servir la France.

Noël 57.

Nous étions à peine arrivés au poste requin et par l'UCM de transport via de Nemours à Onain, que les pourvoyeurs des

FM 24/25 nous confient les bonbons. Pour ma part sept cent cinquante cartouches de 7,5. Tout ça en plus évidemment de ma dotation : un MAS 49 ! Lourd, lourd. Nommé officiellement Ravitailleur du tireur ! C'était coton ! Le tireur étant comme chacun le sait la cible « number one » des vilains ennemis. Je veux dire ceux d'en face qui nous veulent du mal. Alors pas de repos. On se doit de changer de place fréquemment pour dérouter les méchants qui cherchent à te supprimer. Pénible, très pénible. Mais heureusement, des petites joies de camarades de combat venaient égayer ces heures de sueurs. L'ami Rauch fit savoir qu'il jouait en plus du FM 24/25 : du clairon. Aussitôt dit il fut chargé pour le lendemain – jour de Noël – de montrer sa virtuosité musicale, et ce à un point donné et à une heure, minute et seconde précises ! Ce fut grandiose ! Un déferlement de notes dignes des plus grands tintamarres troua le silence ! Un bruit de fermeture éclair ! Un diable bondit à l'extérieur de sa tente. Le commandant du commando Trepel. Un corse noueux, sec comme un pied de vigne : le commandant Paoli. D'une voix qui appelait au respect, regardant Rauch, cet ancien minier, surpris car non prévenu par ses amis de la blague.

« Vous êtes un cul »

Mon ami Rauch y a gagné ce surnom qui lui est resté.

On a ri, on en rit encore.

Le commandant Paoli, lui dormait peu et souvent lorsque l'aube aux doigts de fée apparaissait à l'horizon. Pauvre commandant. Peut-être rêvait-il de sa corse natale ou ?... En fait cela ne nous regarde pas.

Passe le temps, quelques mois plus tard je suis devenu le chargeur de Paul Henri, dit le gros. Ce surnom est là pour quelques kilos excédentaires mais qu'il portait allégrement comme le prouve l'anecdote suivante.

Une nuit ! Une mission discrète en pneumatique dans le secteur de Beni Saf à l'est d'Honaine et de Nemours. Discrétion oblige, nous fûmes accueillis par une arme automatique. Décidément, ceux d'en face ne respectaient rien, pas même la discrétion que nous souhaitions pour notre mission. Bref, nous plongeons dans la flotte avec armes et bagages. Pas de récupération par LCM, obligation pour nous de transporter les pneumatiques. Dur, dur, dur. Lourd, lourd, lourd. Le « gros » ne disait rien, serrait les dents. Il avançait. Une semelle de l'un de ses rangers baillait terriblement. Il ne s'est pas plaint notre copain, pas démonté non plus. Sans poser son chargement qui pesait son poids, il arracha la semelle traîtresse avec son autre semelle ! Un vrai Davy Crockett notre « gros ». Ce jour-là on l'aima encore plus parce qu'il ne demanda rien, même pas à être remplacé pour sa charge. D'ailleurs, personne ne lui a proposé ! Enfin, si, oui, peut-être mais je n'en ai pas souvenance. Brave type ? Non, je n'en sais rien, seulement un vrai copain, un ami, un commando.

Autre opération réussie avec la collaboration de nos amis les chiens : bouclage d'une mine de fer ! Des trous d'aération partout. Le but ? Rechercher des traces de passage de fells. Les chiens pénétraient en premier et revenaient nous signaler, ou plutôt à leur maîtres-chiens si tout était *clean*.

Un chien entre en piste, le meilleur paraît-il, le Sherlock Holmes de la race canine. Il entre et ressort quelques minutes plus tard en remuant la queue, signe que tout allait bien, que tout était ok. On pénètre à notre tour avec pour tout éclairage une lampe de faible portée, style de celles des ouvreuses au cinéma. Une, deux rafales. Heureusement qu'ils ont tiré trop tôt. Retraite précipitée. Ah, nos amis les bêtes… Parfois l'une d'entre elles nous trahit.

Autre farce de la guerre : Rauch nous fit une jaunisse instantanée. L'eau que nous buvions passait sur les corps de vingt-trois rebelles abattus avant notre arrivée. Lui qui croyait jusqu'à ce jour que l'eau des campagnes était pure n'avait pas supporté ce filtre. C'était dans l'Oued Saffar à l'ouest d'Honaine.

Et puis ce fut l'arrivée du nouveau pacha Elies qui nous envoya dans le sud. Là, c'est la chaleur, la fatigue jusqu'à l'épuisement. La soif avec en prime pour moi le « pif » cassé contre une falaise que nous escaladions par une nuit plus noire que les autres. Lors de l'accident, mon pif cassé m'avait valu de la part du pacha cette phrase encourageante : « Ouais, ouais. Allez, remontez, c'est important, il faut y aller ». En tirant la langue, j'avançais avec les lèvres craquelées, la gorge en feu et ce putain de barda en plus. Mais n'oublions pas la radio avec son radar. Un 300, c'est lourd et fragile. Il fallait grimper sur cette falaise et voilà qu'en plus un voltigeur signale que le sommet est habité. Le pacha me fait une fleur : « monte et vois, pas de canonnade. Tu inspectes et tu reviens nous faire tes commentaires. Allez, go ! »

La nuit, c'est un fait, j'y vois bien. Ma désignation est correcte comme toujours. Je grimpe. Je sens effectivement une présence plus je me rapproche du haut. Je me sens utile ! Plus de peur, de soif, de mal au nez. C'est un moment magnifique !

Être utile, me rapprocher le plus possible sans être entendu. Je grimpe en silence. Il faut que je voie. Quatre mètres. Trois mètres. Deux mètres. Il est là, bien là ! Sur ces quatre pattes, il me regarde, je le regarde. Il part en hurlant.

J'ai moi-même un rire nerveux qui dure un peu, qui inquiète peut-être le Pacha, allez savoir.

— Commando Trepel ! Présent !

Le M'21, tout a commencé à Geryville, à quelques trois cents kilomètres au nord-est de ce Djebel mythique. Une mission. Le Pacha voit toute l'importance de l'opération présente. Il la sent, il sait qu'elle est là. Il l'espère depuis toujours. Monter à l'assaut avec ses gars ! Qui plus est pour dégager des hommes pour lesquels nous avions la plus grande admiration : la légion. Voilà. Nous sommes maintenant sur le terrain d'aviation. Les *nords 2000* sont là. Nous nous installons le mieux possible à bord. En attendant.

Elies est arrivé avec des caisses. Nous ne savions pas ce qu'elles contenaient mais nous nous doutions que c'était pour une question de temps… nos affaires personnelles. Nous les retrouverions dans un nouveau campement.

Elles étaient en surcharge et le commandant de bord ne voulait pas les embarquer.

Un combat d'influence commença entre Elies et le commandant de bord. Je pariais mentalement sur le mien. Je gagnais un voyage gratuit en avion. Nous avons décollé pour arriver sur le théâtre des opérations. Un atterrissage hors de portée des armes de l'ennemi suivi d'un rapproché rapide vers un sommet qui culminait à deux mille deux cents mètres. Nous étions là, un signal de sa part et nous sommes montés à l'assaut comme dans les films en technicolor. Nous avions été déclarés aptes pour cette mission, nous nous devions de la réussir. Dégager le PC de cette légion tant admirée et aimée. Pas question de revivre un nouveau Camerone.

Nous progressions lorsque les fellaghas nous stoppent un moment en surgissant d'une faille dans le rocher. Trois d'entre eux sont rapidement mis hors de combat. Le quatrième, un jeune de notre âge, torse nu, résiste en se battant, forçant l'admiration, bondissant d'un rocher à un autre. Tenez, j'ai même envie de le photographier. Un brave. Seule la raison me retint. Mourir comme ça, c'est dommage, surtout à son âge. Notre progression a repris. Les fellouses étaient nombreux, défendant courageusement leur position. Nous avancions en nettoyant systématiquement le terrain. Avec mes compagnons Souetre et Hocquard, j'effectuais un bond en avant. Ma hanche heurte le canon d'un fusil, me sauvant la vie. Le coup partit et coupant le rabat de ma sacoche porte-chargeur. Je finis un bond en avant dans un épineux. J'entends le bruit d'une culasse que l'on arme. Là, j'avoue que mon sang s'est glacé. J'allais arrêter une bastos… pour le moins… l'hôpital, piqûres et tenue à repriser.

Le fellouse ne pouvait pas me manquer. Le canon était pointé vers ma poitrine. J'insultais l'ennemi. Souetre, comprenant la situation, me lança « Laisse toi tomber à terre. »

J'étais entre les deux. Afin qu'il puisse me secourir, cette solution était évidente. C'est au moment où mon arme devient opérationnelle que le fell baisse la sienne. Lorsque j'ai dirigé ma *mat* vers lui, il a relevé la sienne. Le tout sous la voix de Souetre qui criait toujours. Je me rappelle avoir répondu à Souetre « ne tire pas ». Il aurait pu m'avoir. Il ne l'a pas fait. De le main j'ai écarté le fusil et du même coup fait un prisonnier. Un jeune. Toute cette scène n'a pas duré longtemps, peut-être quelques secondes mais c'est long quelques secondes dans ces conditions. Encore maintenant je me surprends à penser au calme qui fut le mien. Je suis fier de cette force intérieure. Une sensation qui vous rend plus grand pendant quelques secondes.

Ce fut un peu plus loin, sur un col, peut-être celui de Fournaise que l'ami Boussange fut touché à la tête. Je l'ai vu tomber sans un cri, son corps parcouru de légers tremblements. Un lieutenant toubib du PC de la légion assiégé, sorti du fond de l'enfer, arriva sur les lieux sans hésiter malgré les échanges de tirs. Il fit un pansement à notre ami tout en hochant la tête. Nous avions compris. A moins de dix mètres de là, ce fut au tour du chef Seguin, arrivé au commando depuis quelques jours seulement. Le quartier-maître Barret, dit « l'ours », me gueula « Mousse, fait venir le toubib, j'ai fait un point de compression et stoppé l'hémorragie. » Mais hélas pour lui, c'était sans espoir.

J'ai vu d'où était parti le coup de feu. Le fellous réarmait son mauser. Il allait flinguer l'Ours. J'ai tiré avant. Heureusement pour l'ours. Celui-ci eu bien de la chance !

A la fin de l'accrochage, j'ai constaté que trois balles avaient traversé ma tenue camouflée. Et un peu plus tard encore je me suis fait enlever un petit éclat de grenade de la peau du dos. Merci à mon sac qui m'avait servi de tampon. Et la vie continue. Fi Guig, Maroc, nous sert de base.

Un important convoi de fellous devait traverser la frontière. La légion devait traverser la frontière. La légion se tenait prête à intervenir dès le franchissement de la frontière algéro-marocaine. Nous, nous étions par groupe de trois-quatre-cinq, armés de carabines US avec viseur infrarouge. Gros problème : les batteries étaient celles utilisées pour les véhicules, donc très lourdes et d'une durée de vie très courte avec en plus beaucoup de précautions à prendre avec l'acide des batteries. Les ordres étaient de signaler le franchissement de la frontière sans accrocher et de se replier le plus rapidement possible à cause de l'artillerie. Personnellement, je me trouvais avec le commandant Elies. Le chef Levanski, dit Toto, mon camarade Souetre et un autre commando aux abords immédiats d'un petit point d'eau. Toto avait placé quatre mines autour du point d'eau. Soudain, l'ordre de lever le camp illico tombe comme un cheveu sur la soupe. Il fallait retirer les mines mais Toto était malade et dans l'incapacité de les récupérer ces foutues mines, pas même de signaler où il les avait enterrées.

Le commandant Elies s'est tourné vers moi :

« Levaufre, enlevez-moi ça rapidement. On doit partir de suite. »

Il faisait nuit. Je n'avais aucune idée de leur position. Allez, allez. Pas question pour moi de prendre les précautions apprises pour le déminage. En quelques minutes, j'ai fait le tour du point d'eau. J'ai eu le pot d'en récupérer trois. Mais une des mines manquait à l'appel. J'ai fait un tour de piste à nouveau sous les encouragements pressants du big chef ! La gorge très sèche, les genoux et les mains raides, le stress aidant.

« Allez, allez, les voltigeurs en avant, vite, vite. On a assez perdu de temps… »

Toute ma gloire s'écroula alors.

Juin/juillet 62. J'étais chef d'équipe au commando Penfentenyo. Le factionnaire vint me prévenir que plusieurs harkis se trouvaient à l'entrée et semblaient complètement désorientés. Avant d'en aviser le Pacha, je suis allé voir de quoi il retournait.

Ils étaient une bonne dizaine. Ils me racontèrent que la veille les cadres français avaient organisé une fête avec grande consommation d'alcool. Au matin, les officiers et sous-officiers n'étaient plus là. Les armes non plus. Ils sont passés de casernement en casernement. Personne ne comprenait la situation ni ce qu'il convenait de faire. Ces pauvres harkis ont été découverts… et …

Je pense souvent avec émotion à ces cadres. Dorment-ils bien la nuit ? Que la honte soit sur eux.

Enfin, toujours au Krader. Un restaurant arabe s'était ouvert. Racheté un bon prix, sans doute une poignée de figues à des pieds noirs. Avec quelques camarades, nous sommes allés déguster un bon couscous. Au menu, la surprise : des grenouilles fraîches !!!

Nous en avons mangé encore et encore. C'était très, très bon. Tellement différent des gazelles, du chameau et sangliers que ramenait de temps en temps l'hélico canon (la chasse au canon 20mm) sans parler des boîtes de ration.

J'ai demandé au patron d'où il ramenait ses petites merveilles. Il me désigna les points d'eau marécageux situés derrière la piscine. Lui faisant remarquer qu'il y avait surtout des crapauds, il m'affirma, et je le confirme, qu'une fois la peau enlevée, c'était du pareil au même. C'est vrai que nous n'étions peut-être pas des fines gueules, mais quand même : des crapauds !

Pour terminer, deux histoires. Une drôle reflétant l'armée, l'autre toute la connerie du monde.

Première :

En ce temps-là, le commando Trepel se trouvait momentanément à Nemours dans le quartier de la DBFM, la caserne Liautey. Nous étions en attente du départ pour Ain-Sefra. Le lieutenant Elies, nouveau Pacha du commando avait pensé que ce serait bien qu'à l'entrée du casernement gardé par des marins se trouve un béret vert ! Nous avions belle allure ! C'était une idée et il fallait bien occuper le personnel qui avait trop tendance à se répandre en ville dans les bars ou à la célèbre villa « Belle vue ». Il y avait aussi, on ne saura jamais pourquoi, essentiellement chez les anciens d'Indochine et ceux de la Calle et d'Erbillon un climat d'agacement extrême, au bord de la révolte. Pourquoi ? Contre qui ou quoi ? Personne ne le saura non plus. Mais la tension était grande.

Enfin bref. J'étais de faction en tenue camouflée numéro un. Pratiquement une seule consigne : rester en permanence en dehors des postes de garde. Il fallait que l'on soit vu. Un commando était là et il fallait que ça se sache. Le Pacha le voulait. Nous étions fiers.

Malgré les consignes on ne peut plus claires, allez savoir pourquoi je suis entré pour lire un illustré posé sur le bureau. Presque instantanément une voix me glaça le sang et me commanda « Allez chercher l'officier en second ». « Oui, commandant » répondis-je, un peu honteux d'avoir été surpris en infraction.

De retour avec lui, la même voix ordonna à ce dernier.

— Vous voyez cet homme, dit-il en me désignant du doigt. Mettez-le en prison immédiatement.

— Commandant, osai-je dire, c'est mon anniversaire aujourd'hui.

— Lieutenant, passez par le bar et prenez une caisse de bières.

— Merci, mon commandant.

Ma caisse de bière sur l'épaule, je suis allé au trou.

L'affaire s'est terminée soudainement. On m'a secoué. « Vite, ton équipement est déjà dans le camion. On part sur un accrochage. »

Mon statut de prisonnier ne valait plus rien. L'air frais me faisait du bien. Habillé comme un milord, toujours avec ma tenue numéro un, j'avais l'air d'un chef.

Pour terminer, je voudrais parler de gens dont personne ne parle. Les harkis sincères, abusés, espérant devenir après les évènements les caïds du coin ou tout simplement pour manger et avoir un maigre salaire (tout comme nous). Ils ont vécu un drame, comme les pieds noirs. C'est bien connu mais pour les traumatisés civils et militaires ? Pas de psy.

Et puis aussi toutes aussi respectables, présentes dans toutes les villes et les grands postes de l'armée, par camions spécialement aménagés, il leur arrivait de rejoindre la troupe en opération longue durée. Je parle des prostituées, des BMC, des maisons closes plus ou moins reconnues. Ces jeunes filles bien souvent très jeunes, utiles, souvent plus que certains militaires. Elles ont été laissées là-bas… et…. Merci à elles. Mais après tout, ça n'empêche pas le monde de tourner. Là, là, là…

Chapitre 4 – *L'histoire d'Henri Paul.*

Son histoire s'exprime un peu différemment. Sa perception de la marine, de ses aventures, des commandos est très certainement dans le fond la même mais il traverse les années passées peut-être différemment des autres. Accordons-lui notre attention.

J'ai dix-huit ans lorsque je pousse les portes du CFM (centre de formation militaire) de Pont Réan, en Bretagne. Ce jour-là, il pleut. L'appel de mon nom, puis tout ce qui précède l'incorporation, visite médicale, piqûres, SLPA, les psychologues. C'est là que l'on vous propose une spécialité. Doués ces gens. Pour moi ils décrètent : canonnier ! Quelle aventure ! Je refuse catégoriquement. Non mais des fois ! L'inspiration vient, comme ça. Il a suffi qu'un second-maître passe devant moi avec l'insigne commando sur l'épaule et celle de para. C'est dit. Je serai commando. Ce second, c'est Roger Machin. Plus tard, j'ai eu le plaisir de faire un bout de chemin avec lui au commando Trepel.

Et c'est parti. Siroco 1957, cap Matifou, Alger. L'entraînement est dur, même très dur. Mon capitaine de compagnie est l'officier de première classe Serens, un ancien de Keffer. Les instructeurs ? Tous des anciens d'Indochine. Sportifs, avec la passion du tir au fusil. Plus tard, comme le virus m'avait pris, j'ai fait le championnat de France de tir, en 62, fusil évidemment.

Siroco ! Le même jour, invariable avec tous les lundis matins, la présentation des diverses compagnies, musique en tête devant le Pacha. Le capitaine de vaisseau Garnier blessé et paralysé du bras droit, son LCM ayant eu l'impertinence de sauter sur une mine.

Le cours de fusilier se termine. Cinquante-deux rescapés.

Commando ! L'ambiance change. On ne sait pas se déplacer autrement qu'au pas de course et passer une nuit sans branle-bas de combat, petit footing de décrassage, démontage, mélange des armes et remontage.

Une anecdote. L'adjudant premier-maître Cognec, une force de la nature qui faisait des pompes sur un bras comme ça, pour s'entraîner, passe avec son compère le second-maître Groarin devant l'aubette (porte d'entrée) où j'étais en service.

« Petit, tu marques sur le cahier que les PM et SM vont se battre ! ». Je les ai regardés partir, perplexe. Ce n'est que plus tard, trois heures après que j'ai su que deux matelots du cours de BE ont été massacrés par un groupe d'arabes.

Le SM Groarin repasse devant l'aubette. « Petit, tu marques sur le cahier : les PM et SM se sont bien battus ».

On a appris qu'ils avaient donné une leçon mémorable à une dizaine de voyous.

L'entraînement : une merveille pour les J.O. Une marche de huit kilomètres avec armes, fusil anglais Lee-Enfiel plus sac de dix kilos en moins de cinquante minutes ! Entre nous, la meilleure tactique est de courir au maximum et coordonner avec ça une marche rapide. J'ai terminé dans les dix premiers à huit minutes du temps d'exclusion.

Ces huit kilomètres, ce n'était pas rien mais il y eut mieux. Vingt kilomètres dans le sable, même armement mais en plus un FM 24/29 qui devait arriver au but au milieu du groupe. Tout ça pour développer le sens de la solidarité en nous passant ce joujou lorsque l'un ou l'autre commençait sérieusement à souffler. Devant moi, Tourraille marchait en faisant des zigzags.

— Qu'est-ce qu'il se passe ?

— J'évite les poteaux télégraphiques, me répond-il.

Le copain était au bord de la syncope et… pourtant il a tenu. Le plus pénible, c'était le passage du sable sur le dur. On avait l'impression de voler. Mais plus dur encore était le retour sur le sable. A l'arrivée, nous avons tous vomi.

Et puis ?... Et puis vous ne connaissez pas le parcours Cedos. Une petite merveille !

Au-dessus de la mer, en tyrolienne, arme sur le ventre, une jambe servant de balancier, pas de sécurité. Si nous tombions, pas question de perdre l'arme. Les instructeurs nous regardaient simplement nous baigner et nous démercer. Le parcours comprenait le pont de singe, le mur de un mètre quatre-vingts avec une fosse de un mètre devant, le pas de géant pour le franchir, un bout (corde) comme la liane pour Tarzan avec une arrivée dans un filet. Restait le portique, quatre mètres vingt de hauteur suivi d'un bout de terre et escalade d'une falaise. Tout ça aussi bien de jour que de nuit. Le taux de perte était toléré jusqu'à cinq pour cent. Départ toutes les quatre minutes. Une fois, lors de l'atterrissage de portique, j'ai failli tuer le copain Deniel qui s'était cassé le tibia et le péroné. Je suis tombé à un mètre de lui. L'instructeur avertit l'infirmerie. Pour lui, Deniel, le commando, c'était fini.

Feu d'artifice pour la fin de stage avec accoutumance, tir de mitrailleuse calée de sept soixante. Deux tirs à un mètre au-dessus de la tête suivi d'un tir à la lunette à quatre cents mètres. Je termine deuxième avec Rauch, un alsacien, qui sera avec moi au CDO Trepel.

CDO Trepel.

Je rencontre Paul le Dehiou, un copain de stage. On boit un calvados dans un vrai crâne. Belles retrouvailles style vikings. Le JMC nous transporte au poste requis. Six cent onze mètres d'altitude. Le pacha de Trepel est le lieutenant de vaisseau Paoli, commandant en second Delmas enseigne de vaisseau de première classe. Tous les anciens ont combattu en Indochine. Chef de groupe : Joé le Corre, natif de Moïlan sur mer, Bretagne, un des rescapés de François, la fameuse chapelle Ninh binh. Le commando est très diversifié. Depuis le caporal Igdelang d'origine russe en passant par le tireur Walgenvich, polonais, Levauffre de Roscof, Quemener de Morlaix, Rauch d'Alsace, Philippe du Centre, Demarrais d'Armentière, Gueranpran de Brest, Grugny d'Ollioules, Chance de Martinique, Dupuy du Var. Préposé chargeur pour devenir tireur FM deux mois plus tard.

Premier accrochage. Oued Honaine avec en renfort le commando Penfentenyo, héliporté sur zone. Bilan : douze fells au tapis, quelques prisonniers, deux blessés à Penfentenuyo.

Deux prisonniers sont relâchés. Ils se représentent deux jours plus tard chez nous, se trouvant mieux avec le commando.

Des trous noirs aussi. Les mines. Le matelot Leridant saute sur l'une d'elles à la trois cent treize. Il décède dans l'hélico. Des prisonniers dans le secteur Sofian/Gorine que nous transférons du deuxième bureau à la caserne Liautey.

Permission.

Retour à Toulon à la mi-octobre. Il y a onze mois que je n'ai pas eu de permission. Java mémorable avec cinq collègues du CDO, congé aussi en Bretagne.

Ah, Quimgamp, quels souvenirs supers !

Tout s'achève, même les perms. Retour d'abord sur la presqu'île de Saint Mandrier avec une dotation d'armes plus récentes, le mas 49 est remplacé par le mas 49/56 et le bon vieux 24/29 par le AA 52. Retour en Oranie, caserne Lyautey.

Nous sommes au premier étage et le CDO Jaubert au deuxième. Opération commune dans la région de Beni Saf. La communion avec Jaubert est bonne. Les sorties chez la mère Baroni épicerie, pain, bistro. La bouffe ? Crabe en boîte et mayonnaise corsée de mascara, bien évidemment suivi d'une virée vers la maison close « villa Bellevue ».

L'une d'elle a failli mal se terminer. Le couvre-feu est là, dépassé. On rentre au campement par le chemin le plus rapide, la voie ferrée, lorsque l'on se fait allumer par des spahis positionnés sur une terrasse. Ce sont des mecs issus des bataillons bleus, unité de viets en Indochine. Ils se croient toujours là-bas. Nous serons néanmoins à l'appel de huit heures, propres avec une belle gueule de bois.

Les opérations se poursuivent avec les CDOS Jaubert et Yatagan composés d'anciens fells ralliés et encadrés par des officiers mariniers issus eux-mêmes des CDOS. Le commandant capitaine De Layeu était déjà commandant de viets ralliés en Indochine.

Que dire encore ? Ah oui, les soirées chez Kouana avec Goulpif (le gueu), Doudou (Picard), Dauby (Daubiquard), job (Quemener), Daizy (Chaubin).

Et puis aussi, opération les mines de fer. Montés vers le poste Requin, cinq heures de Crapahutes, surprise, rencontre avec le premier-maître Quivarch, natif de Guingamp comme moi. Nous rejoignons six heures après le CDO Yatagan commandé par le premier-maître Nenes, Laurent de Guingamp aussi. Voir deux pays en moins de vingt-quatre heures, c'est rare. Un cas ce Nénes Laurent ! Un sacré soldat. La dernière fois que je l'ai vu, c'était à la pépinière à Paris en 1961. J'étais au CDO Hubert. Il était en tenue de sortie et arborait la légion d'honneur et bien sûr d'autres décorations dont des anglaises.

Le capitaine de vaisseau Herbout le croise et lui demande :

— Qu'est-ce qui vous amène ici ?

— Je viens passer le concours pour le BST, commandant.

— Vous êtes reçu, lui répond Herbout. Vous pouvez aller en permission.

Passation de commandement.

Le lieutenant de vaisseau Elies qui a fait l'Indochine au commando Montfort comme chef de section, suivi de commandant de la treizième compagnie de la DBFM, prend le commandement du CDO Trépel. Cette cérémonie se fait à la caserne Liautey en présence des plus hautes autorités régionales.

Des anecdotes plein le sac avec l'une d'elles savoureuse…

Un soir, après une opération de routine, Job Quemener et moi faisions une investigation du terrain autour de la tente avec notre baïonnette, un bruit de pas au-dessus de nous, le pacha Elies est là qui nous regarde.

— C'est bien, vous vous entraînez pour le déminage ?

— Non, commandant, nous avons enterré deux caisses de bières et nous ne savons plus où elles sont. Ça nous embête car nous avons deux invités du poste légion et ça ne serait pas correct de la part de la marine de les recevoir sans munitions.

Le pacha a eu un demi-sourire en nous disant « bonne chance ».

Nous avons retrouvé les deux caisses. Ouf.

Ain Sefra. Le commandant Elies me dit « Pour vous, le fusil mitrailleur, c'est fini. Vous passez avec moi au commandement malgré la perte du groupe 22 ». La chose était dite. Je serais tireur à la lunette du groupe commandement, reglage avec l'OM Phalais, chef du groupe 12. Le résultat est bon avec la cible touchée à six cents mètres. Dix sur dix.

Une mauvaise opération.

C'était au profit du cinéma des armées dans la région d'Aflou. Deux hélicoptères sur le carreau 50. Le premier se pose bien, le second non. L'hélico s'est posé au milieu d'une katiba. La bagarre est rude. Le SM Phalais est gravement touché aux tripes. Philippe et Dervieux de mon stage sont tués. Omphalias est sauvé grâce au colonel Romazelof. Tout a été très dur. Il y avait des fells partout. Le pacha était calme, imperturbable. Les hélicos sont parvenus à nous ravitailler en munitions et vivres, ainsi que quelques caisses de bières en plus, noblesse marine oblige.

Septembre 1959. Région Beni Smir.

Je suis toujours au commandement avec le commandant Elies. Nous sommes proches de la frontière marocaine. La vingtième section commandée par le commandant Berthier patrouille à quelques kilomètres de nous. Vers cinq heures du matin, ça ferraille. A trois kilomètres de nous la deuxième section vient d'accrocher une bande de fells postés sans doute pour repérer nos mouvements. Elle est prise en enfilade par un MG42 qui arrose sérieusement les groupes vingt-et-un et vingt-deux. Loto Lewandosky prend les choses en main et dirige la section comme savent le faire les anciens d'Indochine. Les fells qui avaient porté l'embuscade sont désorientés par l'habile mouvement de Trepel. Levaufre, Job et Goux en voltigeur manœuvrent comme des loups et abordent huit fells dans un temps très court. Ce qui frappe l'ennemi, c'est la rapidité, la puissance de feu et la manœuvre de ce débordement.

Anecdote.

Deux d'entre nous tués, Marcel le Paih et Morand, nous avons ramené leur corps à Ain Sefra. Nous assurions la garde funéraire qu'à dix heures afin de nous reposer un peu. Nous venions de rentrer d'une opération de quinze jours. La douche est prise au deuxième Rei et les tenues de sortie sont repassées par la légion.

A dix heures, je prends la garde à l'infirmerie. Diverses délégations de l'armée de terre (la régulière) comme l'appellent les légionnaires venaient comme à une corvée semblait-il, lorsqu'un légionnaire entra. Je le reconnais. C'est le tambour-major de la musique. Il est en grande tenue avec les épaulettes rouges. Il se met devant les corps allongés. Il a le bras gauche derrière le dos, ça m'intrigue. Il pose deux bouquets de fleurs dans la rangée des deux corps. Il avait fait la guerre 39/45 dans la Wehrmacht ! C'est ça la légion. Chapeau !

Petite chose sans importance. Un après-midi, Le Lann et Goulpif me disent qu'ils vont à terre mais que la tenue camouflée n'est pas tolérée en ville. « Qu'à cela ne tienne, me dit Lann, on va au bar des officiers où il y a un billard, noblesse oblige. Ils sont tous là, les chefs de sections. Tous issus ou presque de la marine marchande, le bonheur de rencontrer des chefs de groupe exemplaires !

— Que faites-vous là, me demande mon chef de section, l'EV Berthier.

— Comme vous, on se décontracte. Mettez trois anisettes, s'il vous plaît patron.

— Buvez votre coup, vite fait car le commandant Elies va arriver. Alors je vous paye le coup et vous partez – il insiste – car vous n'avez pas compris, Elies va arriver. La peur n'est pas de notre côté mais de celui des officiers de réserve.

Finalement nous sortons pour nous faire gauler par un deux galons du poste de commandement. Huit jours d'arrêt ! Mais deux jours après une opération, Elies pose la question :

— Mais où est Paul ?

— Il est consigné, vous l'avez mis aux arrêts.

— Je veux qu'il revienne de suite.

Vous voyez, c'était ça chez nous. La peine pour la forme.

Anecdote gaie et triste.

Mon copain Popaul le Delliou est convoqué par le commandant Sulpis tué deux mois plus tard à la tête du CDO Montfort. Ils se tutoient tous les deux.

— Et bien Popaul, que s'est-il passé cette nuit-là ?

— Voilà, Fernand, après une sortie mouvementée avec un pote de la légion à Aflou, vers quatre heures du matin, il m'a proposé de me ramener au camp mais quand il m'a dit de monter dans le blindé, j'ai été étonné. « Vaille que vaille, on y va » me suis-je dit. On va pas vexer un ami, non ?

— Mais, répond Sulpis, quand même Popaul, un blindé !

— Oui, c'est étonnant, Fernand, mais tu sais, c'est un véhicule qui marche bien.

Popaul n'a jamais été puni par le commandant Sulpis.

Etonnant, surprise pour moi et les copains au cours de mon stage de para Betap à Pau. Nous rentrions à pied de Pau, parmi nous sans doute Job. Une 403 s'est arrêtée près de nous. C'était le colonel Gilles, commandant de la Betap.

— Vous allez à la base parachutiste. Ah, c'est vrai, j'ai vu un ancien d'Indochine. Mais je remarque que vous avez tous des citations. C'est rare dans la marine.

— Mais nous sommes des commandos de marine. Bérets verts.

— Ah bon ? Je croyais qu'il n'y avait de bérets verts qu'à la légion et l'unité du commandant Kieffer qui avec ses cent dix-sept hommes ont débarqué à Oustreham le 6 juin 1944 en Normandie. Vous êtes une petite unité mais j'ai appris une chose que j'ignorais, « le dernier saut de la tour de départ Marguerite se fait en tenue de sortie, bleu de drap, chose qui n'avait jamais été accordée jusque-là.

Arzen.

Et puis, et puis… Arzen, 1958. Sortie avec mon collègue Paul le Delliou du commando Montfort, permissionnaire.

Visite aux collègues de la légion. Virée en ville et visite à ces dames du perroquet vert. Retour au port. « L'ange blanc » posté à l'aubette ne nous aimait pas. Il nous fallait l'emmerder. Il tempête. « Ce sont sûrement des gens qui vous veulent du mal qui vous embêtent ou jettent des cailloux, heureusement que ce ne sont pas des grenades ».

Le commando Montfort dormait au deuxième étage et Trepel au premier. Surprenant ce qui se passe dans la tête de Popaul. Il déroule les tuyaux d'incendie du deuxième étage. « On va les réveiller ces endormis ! ». Il branche l'eau.

La surprise est terrible pour les gars de Montfort. Les lits à étages tombent et Popaul maintient fermement la lance.

Le lendemain, le bosco vient nous voir et pose la question de savoir si l'eau vient du haut du bar.

— Il y a ce matin une corvée de couchage. Nous allons descendre les matelas pas les escaliers.

— Alors, ça vient ?!!!

— Ça y est, c'est fini, avons-nous répondu.

— Hein ?!!!

Nous avions tout balancé par le balcon, plus un lit à étage qui soit dit en passant était bancal.

Une plainte avait été posée car au passage nous avions arraché les fils électriques. Heureusement, le lendemain nous partions, Montfort et Trepel, vers le sud. L'affaire est restée classée. Le bosco avait dit dans son rapport : « avec ces gars-là, il faut travailler avec le casque lourd ».

L'angle blanc était un SM canonnier déclassé qui ne faisait que l'aubette, poste qui comme chacun sait est situé à l'entrée de la base. Toujours habillé en tenue blanche. Il n'aimait pas les commandos. C'était réciproque. Je n'ai jamais su ce qu'il était devenu. Fou ? Ou peut-être retraité.

Caserne Liautey à Nemours.

Un groupe de la DBMF faisait la fête. Un gars ne trouve pas mieux que de faire ses besoins par la fenêtre. Il perd l'équilibre, tombe du premier étage et se blesse gravement, mais il s'en sort.

Le SM Joé Lecorre me dit :

— Paul, tu crois qu'il a fini de chier dans sa chute ?

— Je ne sais pas…

Mais je vais terminer mes notes, le romancier m'a dit « ça suffit, il faut en laisser aux copains ». C'est dommage, j'en ai encore plein à vous raconter. Mais c'est lui qui relate, qui écrit, hein ?! Alors pour terminer, juste quelques petites choses, mais vite, soyez rassurés.

Durant mon séjour à Trepel, j'ai apprécié plusieurs hommes. Le commandant Elies que j'ai côtoyé sous son commandement pendant un an. Il alliait courage et mépris du danger et savait apprécier le courage de ses hommes. L'autre commando, c'est Michel Levaufre qui s'est distingué de nombreuses fois contre l'ennemi mais qui restait toujours discret dans tout ce qu'il faisait. Et puis aussi Roger Quemerner, bagarreur, courageux, doué d'un sang froid extraordinaire, Serge Delaitre, sergent, SM de la première section, ancien d'Indochine aussi un sens du commandement inimaginable démontré par Lewandoski, dit Toto. Le commandant l'avait surnommé le chevalier Bayard. Sans oublier le Grec qui s'était bien remis de sa blessure au ventre le 5 septembre 1958. Enfin, François Daubignard qui portait le FM, chose qui n'était pas courante pour un gars qui ne mesurait qu'un mètre soixante-dix pour soixante-dix kilos. Mais j'arrête, sinon je devrais parler longuement de Daniel Goux, lorrain qui s'était distingué au carreau cinquante par sa bravoure et son sang froid, et aussi de Daniel Parisis déjà cité, vaillant guerrier dans tous les combats de Trepel. D'ailleurs, en fin de carrière il a été nommé commandant en second de la base sous marine à Toulon.

Chapitre 5 – *Paul Pendino nous raconte…*

Je ne voudrais pas revenir sur l'incorporation, le volontariat et les cours de fusilier marin et de commando. Non, cela a été fait et bien. Pour moi et pour tous mes amis officiers, sous-officiers, mariniers, quartiers-maîtres et matelots. Je rappellerais simplement les paroles du premier maître Coignec qui déclara lors d'une mission américaine en visite à Siroco : « j'ai une admiration et un respect sans borne pour la compétence et le courage des hommes que je forme. Jamais ils ne refusent un effort, une mission. Ils suivent à la lettre face à l'ennemi les instructions qui leur sont données. Ils sont sensationnels dans n'importe quelles conditions, sous la pluie, le sable et les tempêtes. Ils sont là, présents. Voilà, c'est fait.

Maintenant, parlons de mon parcours de commando. Comment le faire mieux qu'en relatant certains souvenirs ? Telle ma rencontre avec Bobosse…

1956. Nous nous étions rencontrés à la caserne de la Part Dieu, à Lyon. Nous avions dix-sept ans. Deux mois après, nous faisions nos classes à Pont Rean. Ensuite, en route pour l'Algérie. J'avais prévenu ma Zette. Zette, c'était ma promise. Nous nous aimions et promis le mariage. Je l'avais donc avertie que nous passerions par Valence. Exacte comme un soldat, elle était là, sur le quai de la gare avec ma petite grand-mère et une amie à elle. Cinq minutes d'arrêt. Juste le temps de se serrer un peu avec un baiser et de permettre à Bobosse, mon pote, de faire la connaissance de Zette.

Je me souviens que ma grand-mère avait peur pour son Paulo. J'ai eu d'ailleurs toutes les peines du monde pour ne pas les inquiéter, en leur mentant. Oh, juste un peu. En leur disant que nous allions à Saint Mandrier vers Toulon. Traversée par la méditerranée : horrible ! Vomissements, mal de mer. Les copains qui essayaient de m'alimenter. Bobosse, entre nous, n'était pas mieux que moi. Livide qu'il était.

La ville d'Alger… superbe vu du bateau. A l'amirauté, c'était déjà moins beau. Pour aller à Siroco, encore moins agréable, et la porte de l'école des fusiliers du cap Matifou… Franchement. Enfin, je ne le dis pas…

La réception digne de la porte.

« Alors les fillettes, tous des pédés, tas de merde ! Je vais vous briser, vous allez plier. Regardez devant vous. Je vais vous faire roter le sang, je vais vous changer. Ici vous êtes à l'école du C… Enregistrez bien ça dans vos têtes de crevettes. Ici, je connais tout, même la longueur de la bite de Ben Bella. Au garde à vous ! »

On transpirait tous, écoutant le gradé continuer son discours en passant et repassant dans les rangs. Et ça continuait en allant crescendo. « Ici, vous apprendrez la vivisection sans anesthésie. Vous aurez toujours besoin de moi, vous serez à mes pieds ».

Des JMC passent en nous envoyant la poussière qu'ils soulèvent en asséchant encore plus nos gosiers. Et le tribun qui n'en finit pas. Des mecs passent devant nous. Ils reviennent du Djebel Amour. C'était un pique-nique pour eux, nous dit le tribun. Pour vous, ce sera l'enfer. Ce que vous avez vu au cinéma c'était du cinéma. Ici, c'est la réalité. On garde ou on élimine… etc., etc.

Puis enfin,

« Vous pouvez toujours tenter de changer d'avis. Votre carnet vous suivra avec mention Couilles molles ». Je pensais que c'était fini. Que nenni.

« Toi, le long pain sans fin, tu seras le porte-drapeau du cours. Si un fell te fait mordre la poussière, passe le drapeau au suivant. Par ordre de grandeur. Combien pour toi ? »

« Un mètre quatre-vingt douze. »

« Pour l'instant, tu as un mètre quatre-vingt douze de fromage, de gélatine. T'es taillé comme un manche à sucette. »

Je sentais Bobose se refroidir. De sa poitrine, il sortit : « Oui, chef ! ».

Là, il a été un peu scié l'orateur. Mais il s'est repris et après quelques considérations sur les fells, sur notre avenir, il hurla : « A la douche, en avant, marche ! Une, deux, une, deux… »

Le cours commença. Pour moi comme pour les autres, dur. Le plus dur encore ? L'infirmerie et le jour des piqûres. Le T.A.B.D.T. Les seringues, ça n'a jamais été mon fort. Lorsque mon tour arriva. J'étais déjà dans le coma. Malgré les encouragements des potes, rien n'y fit. Même en fermant les yeux, ça m'a indisposé.

Bobosse m'a ramené dans mon plumard où je suis resté deux jours. On m'a apporté à bouffer. Pour l'appel, Bobosse s'était arrangé avec les copains pour qu'ils se décroisent et répondent « présent ». Mais pas si cons les instructeurs. L'expérience était là. Ils avaient fait ça avant nous et ceux qui avaient répondu « présent » à la place des absents se retrouvaient de garde !

Et puis nous avons continué notre stage.

Début avril, rebelote : infirmerie. Cette fois c'était pour le typhus. Bobosse me regarde : « tu ne vas pas encore me tomber dans les bras ?! »

J'ai regardé les palmiers. C'était un premier maître qui officiait. J'attendais stoïquement lorsque Bobosse m'a crié : « Alors, c'est fini depuis une minute, tu avances ?! ».

Je n'avais rien senti. Une main de velours ce mec. Depuis, je n'ai jamais eu de piqûres faites aussi bien. Après, c'est la couchette. Tranquille. Je relis quelques lettres de Zette et les miennes dans lesquelles je lui dis que j'ai les cheveux presque rasés, pour les maladies soit disant.

Dans la chambrée, on écoute Dalida et son « Bambino » et aussi Doris Day et son « Che serà, serà ». Zette m'a écrit qu'elle avait épinglé sur le mur une carte de l'Algérie et marqué d'une croix la place du Cap Matifou et du centre Siroco qui se trouve à la pointe du cap. Enfin nous venons d'avoir notre matricule. Avec Bobosse, nous faisons partie du cours Granchère.

Puis le temps passe, on continue à crapahuter.

Un jour Bobose, qui ne fait rien comme les autres, marchait devant nous. Il s'arrête pour pisser en haut d'un Oued asséché. Surprise, surprise, il tombe nez à nez avec un fell qui au vu du nombre que nous étions préféra jeter son arme en bas de l'oued. Bobosse cria « attention, un fell ». Sa voix se perdit. Yamorkine, le quartier-maître qui était près de nous avait lâché une rafale qui coupa le fell en deux. Bobosse criait « Putain, vous avez failli me couper les pompes ». La rafale, c'est vrai, avait rasé les godasses de Bobosse. « Putain, chef, vous avez vu, à dix centimètres près, j'étais enfariné ».

Yamorkine, c'était un très bon instructeur. Un grand type sympathique. On l'aimait bien. La même morphologie que Bobosse, sec, dur. C'est pourtant vers lui que parfois on se laissait aller à une confidence.

Bobosse fut marqué par sa disparition. Bricoleur, l'ami Bobosse, dans tout ce qui pétaradait. C'était son rayon. De temps en temps, il s'occupait de la bécane de Yamorkine et ce dernier mourut sur sa moto, mort peu glorieuse pour un ancien d'Indochine. Bobosse s'était senti responsable puisqu'il bricolait son engin. Il avait cru que les freins n'avaient pas fonctionné mais l'enquête prouva que ce n'était pas à cause des freins. Dans la carriole que Yamorkine avait percutée au carrefour des quatre chemins, il y avait quatre algériens. On peut dire que si sa mort ne fut pas glorieuse, il emmena avec lui quatre fells ! C'est du moins ce que l'on peut penser. Et c'est ce que nous avons pensé. Qui pourrait prouver le contraire ? Pas les armes que l'on trouva dans la carriole.

Bobosse, Polo, Sauveur le corse, Gégène le parisien, Paul, encore un breton, enfin tous regrettèrent Yamorkine. On a tous eu la gorge serrée lors des obsèques.

Une anecdote. Opération dans le Djebel Bou Zega. Une bande de rebelles est repérée par le T6, elle est aussitôt accrochée par les éléments avancés de la légion. A neuf heures trente, les bananes vinrent nous embarquer pour nous poser derrière les fells afin de leur couper la route. Nous nous positionnons sur le haut de la crête. Bobosse saute impeccablement. Un roulé boulé comme à l'entraînement et ce malgré un équipement qui aurait fâché une mule. Il criait à peine relevé : « aujourd'hui, c'est mon jour de gloire ! »

Guillerme calme son ardeur et Bobosse creuse son trou, l'arrange pour avoir un angle de tir super. Il lance sa phrase favorite : « S'ils passent devant sans pisser, sans chier, ça va être leur fête. »

Nous avions l'ordre de tirer à dix heures et les premiers éléments de la Katiba approchaient. Guillerme regardait sa montre. Les aiguilles n'avançaient pas, sans doute fatiguées.

Sulpis ordonne le feu sur la gauche. Les fells reculent vers la droite de Garnier qui fit ouvrir le feu continu. Ce fut l'enfer pour la Katiba éclatée. Un groupe se réfugia dans une ravine à trente mètres de nous. Ce fut sa perte. Bobosse hurlait : « ils ont mis le cul sur une poudrière, on y va, putain de merde ! Polo, c'est dix heures. J'ai rendez-vous avec l'histoire ! ». Il bondit vers la grotte avec un M6-42, balaye la crête, balance ses grenades et se plaque au sol. Le troisième groupe tire le plus possible pour l'aider. Bobosse ne bouge plus depuis quelques minutes. En quelques bonds je m'approche de lui.

— Putain, Bobosse, t'es une boule de conneries, de vices !!!

— Polo, c'est toi ?! Je ne peux plus bouger.

— T'es blessé où ?

— Non, j'ai chié dans mon froc, j'ai la quiquette comme une languette de rangers !

Sulpis s'approche.

— Bien travaillé, mais t'es tombé dans une merde de fells. Tu pues !

Aucun copain n'a fait d'allusion. Nous étions tous fiers de notre Bobosse, d'être commando, d'être allés nous battre. Mais au fond de moi, j'ai toujours pensé que vraiment nous autres, ceux d'Algérie, nous avions été un peu, oh juste un peu, « oubliés » par la République. Se faire casser la pipe pour cent-cinquante francs par mois, huit paquets de tabac et huit paquets de cigarettes, c'était plutôt une aumône, non ? Lorsque des petits gars s'exilaient à plus de mille kilomètres de chez eux, suaient et peinaient pendant que d'autres se rôtissaient sur les plages, pensait-on un peu à eux ? Les transports, dans les cales comme des rats. Non, sans être jaloux ou revendicatif, bien au contraire, je pense que les gars d'Indo, d'Algérie, n'ont même pas eu le quart du confort de la solde de ceux de la guerre du golfe et de leur distribution de médailles même à ceux qui n'ont pas tiré un coup de feu, qui n'ont même pas vu un ennemi ! Enfin, passons. Au fond, à Siroco, on bouffait très bien. Il y avait même du rab, c'est l'essentiel, non ?

Il y avait aussi à Alger, le Sphinx et le Chat noir, deux bordels fréquentés par la marine et la légion, c'était un grand bien pour tous.

Le temps passa. Plus de quarante ans après, Bobosse et moi remercions toujours Siroco ! Je regrette que mon fils Philippe n'ai pas connu ça. Mais tout le monde oublie, même ma Zette. L'autre fois, en famille, elle m'a fait un affront lorsque je parlais de là-bas. Elle a dit : « En Oranie ? Tu n'y as jamais mis les pieds ! ».

Suffoqué, devant les amis, devant les jeunes, me dire ça ?! Oublié là-bas, oublié Onaine, Beni-Saf, et cætera. Le soir, elle m'a avoué avoir eu un trou de mémoire. J'étais navré, le mal était fait.

J'ai dit à Bobosse : « Notre vie là-bas, c'est un trou de mémoire collective. »

Pourtant moi je me souviens de notre grand ami Charles de Gaulle qui hurla à Mostaganem : » Je vous ai compris. Vive l'Algérie française ! ». Et rentré ensuite en France métropolitaine déclarer en petit comité qu'il ne mourrait en Algérie pas plus de militaires que de civils pendant un week-end. Je n'ai pas vérifié.

Des erreurs aussi, des négligences comme cette opération qui avait failli mal tourner pour un poste émetteur fourni à notre départ pour une opération. Il s'était vite montré défectueux. Heureusement, à part quelques coups de feu, nous avions pu être secourus, mais quand même ! Et puis sourions, l'Algérie avait ses bons moments. Comme cette partie de pêche au début mai.

Picol demanda au pacha si l'on pouvait aller se faire une friture en mer. Ok. Celui-ci désigna six volontaires au Dingy « Ossey, Charlet, Pendino, Touraille, Richon et Ficher ». Pendant que nous mettons le pneu à la mer, trois copains montent la côte pour prendre position sur le pic qui domine Onaine.

Après quelques coups de bâton dans l'eau, Bobosse dégoupille une grenade après avoir cependant trempé son blair dans l'eau transparente. « Polo, c'est la pêche du siècle ». La mer se mit à blanchir de ventres blancs. Des poissons en pagaille que nous jetions dans l'embarcation. Une seule grenade avait suffi pour alimenter les sacos et les habitants d'Onaine.

Bobosse, le soir, enivré par le fumet des poissons en train de griller, gueule : « bordel, j'ai faim Christian ». Poucet pour une fois répondit à Bobosse d'un air moqueur : « Si tu as faim, bouffe des écorces de pissenlit, de la merde de poule. » Là, il est parti d'un grand éclat de rire. Il tire deux ou trois bouffées de son éternel pipe et fait un clin d'œil à son grand copain.

Bobosse devait se souvenir de notre arrivée à Onaine car en croquant son premier poisson, il s'étira et partit dans ses pensées.

Les poissons avec leur chair délicate nous changeaient de nos menus habituels. Cette journée était inhabituelle. C'était un peu comme des vacances, comme ceux de l'autre côté de la grande bleue qui sans doute se prélassaient sur les plages de la côte en écoutant le tube de François Deguelt « le ciel, le soleil et la mer ». Nous aussi nous avions ça, mais pour une journée seulement. Il fallait bien déguster notre festin de poisson et le reste. Vous savez, ces journées, là, entre frères d'armes, on les apprécie sur le moment, certes, mais surtout on y repense toute sa vie. Une douce langueur mêlée d'une mélancolie s'emparait de chacun de nous. A travers les rires et les plaisanteries habituelles, un poisson grillé et une canette de bière, chacun cachait un peu de vague à l'âme. Bobosse se tourna vers moi. « Tu te souviens, Polo ? » Oui, je me souvenais, je me souvenais de tout. Même de cette opération épouvantable.

Et toi, Bobosse, te souviens-tu de l'embuscade de Beni Saf lorsque nos chefs nous ont salués les yeux mouillés. « On ne donne pas d'ordres aux héros, on les salue ». Bien sûr, pour entendre ça on avait tous donné. Je revois la longue file des copains qui faisait partie de cette ouverture de piste s'étendant sur presque deux cents mètres. Nous respections les distances pour éviter les grenades meurtrières ou le tir groupé qui pouvait faire de gros dégâts dans nos rangs. Mais ce jour-là en partant d'Onaine nous avions dû être « chouffés » par un petit du village.

En tête il y avait Guivarch, dit le Zef, un breton. En ouverture protégée par Ossey, Ficher, Mackesehy, tous des gars qui n'en étaient pas à leur baptême du feu. Il y avait notre chef Cueff et puis Grangean, Charles dit Charlot, Touraille alias Bobosse, Levelen dit l'Iroquois, Burnichon, Desil, Richon, Sylvestre, Bil, Dervieux, Sapienza, Paul et enfin moi-même, Pendino dit la gelée

En partant, c'est toujours pareil. Personne ne pense à mourir et pourtant le plus difficile c'est bien de regarder un ami qui n'a pas vingt ans nous quitter. Mais personne ne peut faire un pari avec la mort. Et quand on a été descendu une fois, on est encore plus vulnérable.

A cette époque, les fells disposaient depuis belle lurette d'armes lourdes, à savoir mortier, bazooka, mitraillettes 12,7-7,62 et bien d'autres généreusement offertes par les pays de l'est dits pays de liberté en ce temps-là. Car leurs chefs se rendaient en masse, lorsque les premiers miaulements de balle soulevaient la poussière de cette piste ocre, aride et sèche. Comme celle de l'oued à la limite du Sahara. Bref, la voix de Cuef se fit entendre : « Mettez-vous bien dans la tête que pour gagner cette guerre, c'est le celui d'en face qui doit mourir ! »

Bobosse à la pause s'était accroupi près de moi, derrière un cactus, cherchant à allonger ses guiboles. Il me jeta un regard plein de rage car sa grande carcasse était offerte aux fells comme les pipes à la foire du parc de la tête d'or à Lyon. Comprenant la situation, je lâchai ma mat et saisissant ma pelle américaine je tranchai le cactus à la base d'un moulinet rageur. Bobosse poussa un ouf de soulagement, me sourit en me disant « Ce cactus dans le cul, ça m'a énervé ! ». Je compris dans ces paroles que ceux d'en face devraient payer le double.

Nous nous étions regroupés par quatre-cinq à une dizaine de mètres, essayant de repérer les grosses pièces, et d'évaluer les forces qui venaient de nous intercepter.

Picol me demanda d'avancer en traversant la piste d'un bond. Ce qui fut dit, fut fait, protégé par le feu nourri déclenché par Bobosse, Poucet, Sapienza et Paul. Mais après, dans la ravine… La suite, c'était un simple constat. Dans la ravine, nous étions à découvert, le premier qui lèverait sa tête la faisait éclater, simple.

« Avancez, avancez » gueule Picol.

« Avance toi-même, pot de merde ». Pourquoi ai-je crié cette phrase, je ne le saurai jamais. Plus tard j'ai eu droit à trente jours que je ne fis pas. Picol comprit peut-être ce jour-là qu'un saco mort pour rien n'était plus utile, alors qu'un saco vivant, c'était plus positif. La suite lui prouva la véracité du fait.

Le groupe Guivarch et Picol pouvait progresser à l'abri des rochers soutenu par le groupe Cuef un instant oublié par les fells. Bobosse et les copains, nous réussîmes un bond sans nous faire repérer. On contourna le mamelon, les fells tout à la joie d'asticoter une trentaine de sacos bloqués dans la roche et les taillis avaient négligé notre groupe. Pour les prendre à revers, on fit deux cents mètres les yeux rivés sur la bosse qui nous protégeait jusqu'à vingt mètres des fells. Là, après avoir pris position, ce fut l'enfer pour eux.

Bobosse, comme à son habitude, hurlait pour s'encourager. On l'accompagnait de notre mieux. Putain de moine, disait-il. Je vais graisser mes armes avec vos boyaux. Tout éclate dans nos têtes, folie d'un instant, folie quand même. Les perdants, chez nous, on n'en veut pas. Bobosse vide chargeur sur chargeur. Rendez-vous, rendez-vous à genoux. Hélas, ça continuait et tant qu'en bas la progression ne se faisait pas, nous étions obligés de défourailler de plus belle. Bobosse s'était mis sur le dos pour en finir en balançant ses grenades. Deux fells avaient levé les bras. L'ombre de Bobosse faisait une croix vers la cache des fells qui s'avançaient en hochant la tête. Il dit : « J'ai raison parce que je tiens la carabine. Allez fissa, fissa, mahoulene. » Bobosse avait lâché ses quelques rudiments de la langue arabe. C'est qu'il en sortait parfois dans ces moments-là. Bobosse avait le visage écarlate comme la plupart d'entre nous. La trouille, fébrile. De faux mouvements d'en face, ceux de trop. Je sais que je n'oublierai jamais et ne reviendrai plus dans ce coin. Chacun de ceux qui ont vécu ces moments intenses en garde des séquelles parfois jusqu'à la fin de leur vie. Mais dans une guerre, la seule chose qui compte réellement c'est de sortir de l'enfer, n'est-ce pas ? Vivre un jour de plus, une semaine encore, peut-être un mois…

Nous tous restions accroupis, prêts à toute éventualité, à toute surprise désagréable. Nerfs tendus comme des cordes de violon, narine humant l'air sec empli de la poussière soulevée par cette petite chose d'air chaud qui collait à notre peau, ce masque légèrement boueux fait de poussière et de sueur. La senteur, cette senteur si particulière du sang. Des secondes de silence qui ressemblent à des minutes entrecoupées des râles de ceux en partance pour l'au-delà, mélange sans distinction de ceux des nôtres et des leurs. Brusquement, le talkie walkie de Panet crépite, crachant la phrase que nous attendions tous.

« Ils arrivent sur vous. » Nous étions prêts, chargeurs garnis de grenades explosives et quadrillées à portée de main. Les deux FM en position. Personnellement, j'étais au centre avec Bobosse, Dervieux, Paul, Sapienza, Levelen, Richon, Desil. Bobosse me fit signe qu'il avait mis sa pointe au bout de sa carabine américaine. Il insiste pour que j'en fasse autant ainsi que les copains. Les fells avaient trente mètres à faire avant de nous rejoindre. Mais trente mètres c'est long dans certains cas. Il faut courir harnacher et en grosses godasses. Ça demande quelques secondes. Pour l'instant, je ne les voyais pas. Mais ce qui arrivait allait beaucoup plus vite. C'était des obus de mortier du groupe Guivarch, Cueff.

Bobosse hurlait à Poucet de faire rectifier le tir. Son talkie walkie gueulait ses cris mais silence…

Je rampais vers Poucet et prenais le poste. Je criais plus que je ne parlais :

— Ici la Gelée, ici la Gelée, m'entendez-vous ?

Très loin une voix me répondait faiblement.

— Je ne vous reçois que deux sur cinq.

— Le Zeff (alias Guivarch) tu ne m'entends pas parce que tes putains de mortier nous arrosent. T'es trop long, barrage trop long, tu piges ? Si on est en retard c'est qu'on est tous dans les nuages.

— Je reçois cinq sur cinq.

Ouf, il était temps. Bobosse me tapa sur l'épaule. « Polo, bravo, t'as des ondes positives, ce guignolo de Poucet n'a que des ondes négatives. » Il fulminait, le Bobosse. « Se faire massacrer par nos propres armes, c'est pas humain. Si un fell passe devant moi, je lui colle mon cure-dent dans le cul. » En disant cela, il caressait tendrement sa baïonnette. Je me posais la question à savoir quand de la bouche de Bobosse sortirait une parole vertueuse ?!

Silence provisoire avant l'arrivée des éléments de la harka. Pensant trouver des renforts et non pas des commandos. Une fois de plus ils allaient tomber dans un piège qu'eux-mêmes avaient préparé grâce aux renseignements du télégramme arabe. Bobosse cria « Chouffe-là sur la gauche ». C'était à nouveau parti.

Par vague successive les fells arrivaient au sommet. Ils tombèrent sous un déluge de feu. Dans le bourdonnement de la mitraille j'entendis un ordre rauque. « Chargez ! » Ce cri fut repris par tous. Bobosse hurla « le premier qui trébuche, je lui soude le trou de balle au lance-flamme ». Mais hélas le premier qui trébucha ce fut Dervieux. Je reçus sur la joue gauche un liquide chaud. Son sang dégoulinait sur mon cou, sur ma poitrine. Bobosse essayait d'un revers de main de chasser les bouts de la tête éclatée de Dervieux sur son visage. Dervieux, Dervieux hurlait-il, mais c'était fini. Dervieux comme nous tous venait d'avoir dix-huit ans. Il nous avait quittés comme ça. Mais n'était-ce pas notre métier ? Pour l'honneur de la France. Bobosse pour une fois ne disait rien, un genou à terre. Ce n'était pas son genre. Moi je revoyais Garnier nous dire « un saco meurt là où il tombe. A la guerre il n'y a pas de héros, il n'y a que des survivants. » Je gueulais à Bobosse « Bobosse, fonce, je tiens à mes roubignolles. » Surpris, il s'essuya le front en arrivant vers nous. Il se raidit en voyant le corps de Dervieux. Il resta un moment immobile puis il nous dit « Voyez-vous les gars, ce qu'il y a de mieux, de plus chouette dans notre métier, ce sont les défilés militaires. Le plus con, c'est ce qu'il y a avec. »

Cueff appela les bananes pour qu'ils enlèvent le corps de Dervieux. Une alouette vint et emporta notre copain. Bobosse me dit « Tu vois, Polo, j'aimerais que l'hélico se pose sous l'arc de Triomphe. Dommage que la place soit déjà prise. Un saco sous l'arc, ça aurait de la gueule, non ? »

Nous sommes redescendus. Les bananes posées en contrebas nous attendaient. Nous quittions ce djebel sans regret.

Et oui je me souviens, Bobosse, lorsque Sulpis nous a dit : « vous n'avez jamais discuté mes ordres, toujours été à la hauteur. Vous devez vivre car vous avez été entraînés pour ne pas mourir ici. Réjouissez-vous de votre jeunesse, ne cherchez pas de prétexte à cette guerre. Les prétextes, c'est comme les trous au cul, on en a tous un. Je suis fier de vous. »

Chez nous, pas de torture, pas de pillage. Et oui, je me souvenais. Je repense à Bobosse. C'était un sacré ce Bobosse. Aujourd'hui je suis comme les copains, quarante ans de trop sur les épaules. Je rage en voyant certains jeunes se pavaner en oubliant ceux qui leur permettent aujourd'hui par leur passé de respirer librement, de critiquer, d'insulter, de violer même, de frapper leurs enseignantes. Et pour une journée d'information militaire, de penser que c'est du temps perdu pour la France.

Défiler avec un drapeau rouge, pourquoi ne pas défiler avec le drapeau tricolore. Celui qui est celui de la France. Peut-être que si le haut n'avait pas supprimé le service militaire… Peut-être, ce n'est que peut-être, nous n'en serions pas là. Les banlieues, les voitures brûlées, les exactions en tout genre. Ces bandes qui errent désœuvrées, mais au fait, vous ais-je dis que je pense souvent à Siroco, aux copains, à tous les gradés, à mes vingt ans. Mais que sont devenus tous ces gens qui ont partagé une partie importante de ma vie. Parfois des nouvelles parfois une rencontre dans une réunion souvenir. Il faut dire qu'aujourd'hui beaucoup d'anciens font partie d'associations. Alors là, en plus de bouffer et de boire, on reparle de quoi ? Du bon vieux temps pardi ! Des souvenirs à la pelle.

Voilà c'était Pendino, dit Polo ou la Gelée qui nous a raconté, s'est raconté…

Chapitre 6 – *André Touraille.*

A cette époque de la guerre d'Algérie. Il y avait comme toujours dans ce genre de situation trouble, des planqués, ceux qu'en avaient rien à fiche de ce qui se passait à leur porte.

D'autres y croyaient par contre, comme mes amis des commandos. André Touraille était de ceux-là, et il raconte…

Moi Polo, oublier ? Jamais ! Pas plus ce fameux plateau sur l'extrême arête du cap Matifou où il m'avait été dit à mon arrivée, que le parcours du commando était un des plus durs de toutes les armées du monde Ah, reparler du portique de la corde de Tarzan, de la poutre à x mètres de hauteur du franchissement du gros filet et de mes un mètre quatre-vingt-dix qui me faisaient regarder le sol à sept mètres. J'entends encore le chef lui gueuler : « Saute, espèce de grand con ».

Laissez-moi m'exprimer sur des points qui m'ont marqué. Tu sais, mon Polo, pour faire ça, faut être marteau, non ? Mais, mon Polo, nous avons fait partie de cette élite des commandos marines. Des vrais et authentiques combattants. C'est pourquoi je crois que nous avons le droit (lorsque l'on voit tous ces jeunes cons qui font soi-disant la société) de leur dire tout haut que nous n'avons pas les mêmes valeurs. Et si notre béret vert nous l'avons gagné avec des gouttes de sang, nous avons le droit d'en être en plus fiers. Je me souviens de beaucoup de choses, mon Polo. Comme ce fameux jour où nous avions été accrochés par la katiba de Zakaria de la Wilzya VI vers Onanain. Nous avons descendu sept fells qui s'étaient sacrifiés à l'arrière et qui on vendu chèrement leur peau. Ce jour-là, j'ai appris le courage des vrais fellouzes, de sacrés guerriers, et ça non plus on ne peut pas l'oublier. Nous avons eu ce jour-là beaucoup, beaucoup de chance. Pas de perte chez nous, que des blessés. Mais on s'est fait souffler dans les bronches par Servent qui commandait Jaubert à ce moment-là. Car nous avons fait des prisonniers et nous n'avons pas vu un poste radio. Ce sont les gars de PenfenTenyo qui l'ont découvert après l'accrochage. Nous nous sommes drôlement fait chambrer. Il faut dire à notre décharge que ce jour-là, l'aviation et l'artillerie balançaient dur, et en quantité. Et nous étions juste à côté. On se pose alors toujours la même question : « Merde, bordel on ne va tout de même pas se faire déquiller par les nôtres ?! » Pourtant c'est ce qui est arrivé à Montfort en secteur d'Aïn Seffra, en août 59 où l'artillerie française a envoyé un pelo en plein PC du commando. C'est là que le pacha Sulpis s'est fait tuer avec le second Quentel, le QM Ferri, Santia, Petit Jean, l'infirmier Muller, River et d'autres encore. Mais ceux-là, tu les as bien connus malheureusement. Mais que veux-tu, c'était leur destinée. Et merde, ça me fout les glandes ! J'arrête.

Anecdote.

Tiens, je vais relater une de mes plus grandes frousses.

Nous étions en opération dans le djebel Bourich depuis plus de cinq heures. La compagnie du groupe d'intervention où j'étais voltigeur progressait difficilement dans un terrain plus que merdique lorsque des balles perdues sifflèrent à mes oreilles. Le second maître Tortet fit stopper sa section. A la jumelle, il découvrit à plus de huit cents mètres des déplacements de silhouettes. Dans cet endroit il ne pouvait s'agir que de fellouzes. Silence complet puis un tonnerre de détonations troua le silence. La première compagnie venait d'accrocher sérieusement le groupe de choc surplombant un oued asséché. Nous avons reçu l'ordre de ne pas bouger et de rester en renfort. Puis tout redevint calme à la nuit tombée. Nous avons reçu l'ordre de bivouaquer sur notre position. On en profita pour casser la croûte et récupérer de cette grosse fatigue accumulée depuis plusieurs jours et nuits que la compagnie crapahutait. M'étant assoupi en pleine nuit, je fus réveillé en sursaut par une espèce de bruissement. Armant ma Mat49, je me faufile le plus près possible du bord de la ravine d'où j'entendais des bruits, suspects et plouf, je n'ai pas pu me retenir et mon corps bascula dans le vide. Etreignant ma mitraillette de toutes mes forces, j'ai eu la désagréable surprise de me retrouver en plein dans un poste de guet rebelle.

Je tirais de tous les côtés et arrosais au jugé les formes qui m'entouraient. Je vidais chargeur sur chargeur. J'avais eu la frousse mais j'avais arrêté un groupe de trois fells qui ont eu certainement aussi peur que moi lors de cet atterrissage imprévu. J'ai voulu marcher mais ma jambe droite ne voulut rien savoir et je sus que j'étais blessé par balle. Je perdais beaucoup de sang. Le calme était revenu. J'ai entendu des appels. On me remonta et quelques heures plus tard, dès que le jour fut levé je fus transporté à l'hôpital. Bilan : une balle dans le ventre et une dans la jambe droite. Le plus gros de ma peur fut sans doute et même certainement ma chute mais surtout ma réception ! A la suite de ça, l'amiral Queville vint en personne me décorer sur mon lit d'hôpital de la valeur militaire avec étoile de vermeil. Je fus cité à l'ordre du corps d'armée et j'avoue que j'en suis très fier.

J'ai une autre anecdote où cette fois encore tout commando que j'étais, j'ai chié dans mon froc.

Nous venions d'encercler une mechta où des fells se planquaient. Arrivant avec mon pote Pendino Paul, dit « Polo », devant la porte, je bondis dans la mechita mais au moment où j'allais défoncer la porte, elle s'ouvrit et un fell se trouva à deux mètres de moi. Prêt à ouvrir le feu avec ma mitraillette MP40 allemande, mon doigt eut beau appuyer sur la détente, rien. Rien qu'un clac métallique. C'est tout. Je plonge à terre et m'entend hurler : « Tire Polo, ou je suis foutu ». Le 24/29 de Polo cracha la mort une fois de plus et je me retrouvai indemne entre les jambes du fell troué comme une passoire par les balles du FM. Mais quelle frousse j'ai eu ce jour-là.

Autre anecdote.

Un jour, étant à l'Umo d'Alger avec comme commandant Garnier qui avait été mon commandant à l'école de Siroco et qui je l'avoue m'avait eu à la bonne, tant pour mon courage que pour mes conneries. Celui-ci demanda un volontaire pour l'accompagner à Alger. Je me suis avancé avec d'autres et fut choisi.

En le conduisant en jeep à ses occupations, il m'a donné l'ordre de le rejoindre plus tard en un endroit précis. Ce qui fut dit fut fait et à l'heure dite. J'eus l'étonnement et la grande joie de le retrouver au lieu du rendez-vous, complètement « Bourré ». Personnellement, m'étant rendu au BMC et ayant éclusé plusieurs bières, j'étais bien amoché aussi. Néanmoins, n'ayant pas à souffler dans un ballon, je pris le volant comme prévu et j'arrivais tant bien que mal à l'UMO. Devant l'entrée : une sentinelle qui me demande le mot de passe. Je secoue le commandant.

— Oh, commandant, le mot de passe ?

N'ayant pas de réponse, je le secouai, réveillé en sursaut il me dit : « Tu es commando, démerde-toi ! »

Voyant la sentinelle commencer à s'énerver à juste titre, je commençais à comprendre qu'il me fallait me démerder seul. Devant moi, la sentinelle, un tirailleur sénégalais, baïonnette au canon sur son Mas 36. A côté de moi, le pacha vautré dans la jeep. Et moi ? Et moi je suis descendu de la jeep lentement, et m'approchant de lui, juste ce qu'il fallait, j'ai agi comme on me l'avait appris à Siroco. Je déboîte cette brave sentinelle en prenant soin de ne pas faire tomber son fusil et je pose dans la guérite l'homme et son arme.

La suite ? Simple. J'ai levé la barrière et suis reparti. Mais la jeep est tombée en panne au milieu du camp. J'ai essayé de transporter mon commandant en le traînant à moitié, le portant de l'autre moitié. Trop lourd pour moi pas en pleine possession de mes moyens. J'ai dû aviser. Par chance, j'ai dégotté une brouette dans les environs des ateliers. Parfait ! Après avoir chargé le commandant dedans, j'ai pu ainsi le ramener jusqu'au baraquement qu'il occupait. Ensuite, et surtout par le plus pur des hasards, un peu sonné tant par les brumes de la bière que par les efforts fournis, je suis tombé sur mon hôtel cinq étoiles. Comment ? Je le répète, je ne sais pas ! Tout cela, ce n'est rien. Le comble se produisit le lendemain matin. Levé à sept heures trente normalement, et après la levée des couleurs, devant toutes les huiles réunies, le commandant Garnier s'avise de la brouette au milieu de la placette d'armes. Il demanda en s'adressant à nous tous. « Quel est le con qui a laissé traîner cette brouette devant le plateau ? » Rusé et matois n'obtenant pas de réponse de la part de nous tous les commandos en tenue impeccable et tous au garde à vous. « Vous », il me regarda droit dans les yeux. Je faisais partie du premier rang. Je ne bougeais pas. Il se répéta.

— Qui a laissé cette brouette ici ? Il ajouta perfidement. A mon avis, ce doit être Cadoret, n'est-ce pas les gars ?

Le second maître Tortet lui répondit.

— Mon commandant, Cadoret dort à l'infirmerie ! Alors ce ne peut être que Touraille, le fameux Bobosse !

Me figeant au garde à vous devant lui.

— Oui, mon commandant, c'est moi. J'en ai eu besoin pour transporter un très… Un frigo aux minimes et j'ai dû oublier de le ramener et de la ranger.

— Tu me feras quinze jours pour ne pas avoir pris soin du matériel de l'armée.

Dans mon regard, il avait compris. Je lui ai répondu.

— A vos ordres, commandant.

Je précise que le lendemain, nous repartions vers les djebels et que j'ai n'ai jamais fait ces quinze jours. Mais par contre, Cadoret, infirmerie ou pas, s'est chopé quinze jours de tôle sans comprendre pourquoi.

Le commandant Garnier m'a toujours estimé pour ne pas l'avoir trahi. Entre nous, je ne me voyais pas lui répondre « mais commandant, c'est avec elle que je vous ai ramené *poivré* à votre chambre hier soir ».

Une autre anecdote me revient en tête. Soit à la DBFM ou au commando Jaubert, c'est vrai j'avais toujours la baraka. Un jour où nous étions encerclés, je fonce à l'assaut d'une mitrailleuse. Ce n'était ni de l'héroïsme, ni de l'inconscience mais tout simplement parce que je savais que quoi qu'il arrive, je m'en sortirais. Ma petite mère était médium et elle m'avait toujours dit : « Tu seras entouré de danger mais il ne t'arrivera rien de très grave ». Et à ce sujet, après cet accrochage le commandant Castigliona me tapa sur l'épaule et me dit : « Touraille, c'est bien dommage que votre petite mère ne soit pas un commando. Je lui céderais volontiers mon poste et mes galons. »

Chapitre 7 – *Nourredine Benjeloud.*

L'Algérie, la France, la guerre, les pleurs le plus souvent, les rires parfois. Se mêlant à ce cocktail, la sueur, la soif, la poussière et la souffrance. Tout cela n'exclut pas la bravoure des combattants des deux côtés. Ils n'avaient souvent que vingt ans, eux aussi, se battant pour ce qu'ils croyaient être leur devoir, avec bravoure, quelques soient les pensées et les opinions que nous pouvons avoir aujourd'hui avec le recul du temps. Pas un de nous qui ne m'ait semblé renier ce temps de leur jeunesse même si… Mais c'est une autre histoire, un roman, n'est-ce pas ? Et qui me fait écrire ce récit, à travers ceux qui y étaient, avec leurs mots, leurs expressions brutes que je ne veux pas déformer, même si parfois cela fait grincer. Mais ce bouquin ne saurait être complet s'il ne parlait pas de la DBFM. Références de quelques marins, parmi des milliers d'hommes en majorité des appelés qui ont participé à ce que l'on appelait à travers elle… la pacification.

La DBFM ! Cinquante ans déjà et pourtant pas une ride qui ne soit celle d'un passeport pour l'histoire de la France.

Ceux qui en ont fait partie racontent. Mais d'abord, qu'est que la DBFM ? Un peu d'histoire.

La marine en 1956, c'est-à-dire presque au début du conflit algérien compte environ vingt-et-un pour cent de ses effectifs dans ce département français de presque Outre-Mer. Tout compris. Aéros, embarques, maintenus, postes à terre, et cætera. Le gouvernement de Monsieur Guy Mollet par plusieurs décrets ministériels rappelle malgré son impopularité, la classe 53/1. Avec cet apport de personnel, la marine peut créer une demi-brigade de fusiliers marins officiers, officiers mariniers compris puisque rappelés sous les drapeaux également. Ils sont immédiatement incorporés dans cette nouvelle unité. La DBFM est née ! Remous populaires en métropole, manifestations hostiles qui rappellent d'ailleurs ceux qui se sont produits pendant la guerre d'Indochine avec tout ce qui pouvait s'en suivre de faits regrettables et négatifs. Conséquences lamentables pour ceux qui se trouvaient sur les lieux de combats soumis à longueur de temps à des tentatives de démoralisation des troupes, sabotages d'armes et de munitions. Pour toutes les armées, marine comprise évidemment dans cette chienlit. Mais revenons à notre unité, à cette manne d'effectif pour la marine. Siroco, le célèbre centre de formation des fusiliers marins commandos accueille cette unité. Son chef, le non moins célèbre capitaine de vaisseau Pontchardier dit « Ponch au pompom » par certains anciens d'Indochine. Ensuite, puisqu'il y a forcément une suite, la marine s'est vue attribuer le centre de Nemours dans l'ouest oranais comme base de rassemblement de cette demi-brigade. Ville située dans une région de huit cents kilomètres carrés de superficie, avec un terrain varié, aride, rocailleux mais parfois verdoyant. Tout ça avec une bande côtière de cinquante kilomètres. Pour les sections en opération, c'est autre chose. Les camps sont souvent plus que rudimentaires. Parfois lorsque l'installation d'une section dure plus de quelques semaines, des baraques en dur sont construites. L'approvisionnement en eau est fréquemment le fait de camion citerne. Mais laissons-là le côté matériel. Ce livre, je ne le répéterai jamais assez, n'est ni historique ni technique. Il ne se veut pas descriptif des équipements sanitaires, armements et autres systèmes hiérarchiques dans les effectifs. Il ne se prétend que commémoratif de ceux qui ont vécu cette époque. Les souvenirs de quelques uns d'entre eux sont pour moi une reconnaissance de leurs sacrifices, de leur état d'esprit et des circonstances qui les ont amenés là où ils sont. Cela compte plus que les stratégies militaires ou politiques. Ce livre ne veut ni dénigrer ni faire l'apologie de qui ni de quoi que ce soit. Il est le reflet de ce que racontent ceux qui on participé. L'esprit de corps ! Des harkis, des marins de la DBFM, était celui d'une famille et pour mieux comprendre l'ossature d'une section de combat, voici la composition de l'une entre elle. Ces sections cantonnées dans des bleds perdus ou des villes, qu'importe d'ailleurs. Ces cités s'appelaient Siroco, Nemours, Oujda, Saïda, Dejlba, Misila, l'Oued Kiss, Bab el Assa, Azzouna, Onaine, Tlemcen, Port Say ou des lieux-dits comme la Bête à cornes, la Villa Lhabador. Tous mes copains officiers mariniers, officiers se souviennent de leurs hommes, et les hommes de leur chef qu'ils s'appellent Ponchardiier, Servent, Le Troadec, Requin, Joybert, Queuille et bien d'autres comme Saints Georges, Soula, achille Fould, Langlet, Deloyen, Eliès, Poali, Fuseau ou des figures commes Burnichon, Montjoux, Amidou Salah, Travaillini, Nourredine.

Qu'importe donc les sites et les hommes puisqu'ils sont entrés dans l'histoire. Pour ces hommes, leurs médailles témoignent de leur courage, de leur amour de la patrie et de leurs exploits. Ils venaient du fin fond du Massif Central, d'Alsace, de Bretagne, et Normandie, d'Algérie, de toute l'Algérie, de Kabylie, de Provence et d'ailleurs. Ils ont été appelés, embarqués ou simplement désireux d'écouter les sirènes ou les bruits qui circulent sur une nouvelle unité combattante que la marine constituait. Certains avaient lu cette proposition d'intégrer cette unité nouvelle de la marine, sous l'appellation qui chantait à leurs oreilles, DBFM : Demi-brigade de Fusiliers Marins. Ils se sont renseignés et les voilà, à Kourija (Couribga) pour un entraînement sévère. L'apprentissage de ce que doit être un fusilier marin. Ensuite, c'est Nemours. Leur départ pour cette fameuse « pacification ». La frontière algéro-marocaine. Avec des officiers qui abattent un boulot considérable avec les moyens du bord. Ces officiers se nomment Saint Georges, Hiden, Coulondre et bien d'autres. Tous avec leurs hommes se sont immortalisés. Fusiliers, commandos, Harkis. Tous dans le même paquet bien ficelé, descendant de ceux de Kieffer de Normandie. Et puis ? Et puis il y a Nourredine qui nous parle, oh sous un nom d'emprunt et pour cause. Les rancunes sont tenaces dans les villages. Nourredine Ben Jeloud est le fils du sergent tirailleur algérien, Karim Ben Jeloud, mollets d'acier trempé, cœur fidèle au drapeau tricolore rivé dans le cœur, sec comme un de ces ceps de la mitidja. Cet homme que les campagnes de France de la seconde guerre mondiale, Indochine comprises ont su façonner. Marchant courbé sous le poids de ses médailles et de ses blessures. Oui, Nourredine n'est pas n'importe qui. Arrièrepetit-fils du caporal chef Salah Ben Jeloud, enterré pres de Verdun et jamais retrouvé, gisant dans un coin de terre sans doute près d'amis venus de leur lointaine Algérie et de son soleil, ayant vécu leur dernières heures, leurs derniers jours les pieds dans la boue, pieds entourés de bandes de tissus, vous savez ces fameuses chaussettes russes. Et bien son petit-fils Nourredine, à vingt-cinq ans il est là, près de Djelfa, bouffant mal car ça ne passe pas. Il ne comprend rien à rien à ce qui se passe dans son Algérie. Les attentats, la merde quoi ! Pourquoi tout ça ? Son père lui a dit « l'Algérie et la France, c'est pareil ». Il a même ajouté : « Tu comprends, mon fils, les pays frères, la Tunisie, le Maroc, c'est pas la même chose. Nous, l'Algérie, c'est un département comme la Seine, le Rhône ou l'Alsace. Alors l'Algérie, c'est la France. » Nourredine, réfléchit et ne comprend pas les subtilités de ce qui se passe, la guerre et le reste d'ailleurs. Il a fait son service militaire en conservant d'ailleurs un souvenir ni bon, ni mauvais. Il n'a pas voulu continuer l'armée jusqu'à ce jour de marché à Djelfa où il a entendu dire que la marine recrutait des algériens dans une unité nouvelle. Lui, Nourredine, rêve de voyages depuis toujours. Son père lui a souvent parlé de ses dauphins qui suivent les bateaux. De ses filles aux lèvres de miel. Oh, bien sûr, ici aussi il y a des filles superbes comme Leila sur laquelle il a des vues sérieuses. Mais elle, c'est pour le bon motif et les femmes dont il est question c'est pas comme elle. Une fille bien, celle qu'on ne touche pas avant qu'entre eux ce soit officiel et que les familles soient d'accord. Les filles dont il est question, c'est comme les grisettes d'ici, celles-là sont faites pour être aimées comme dans les maisons où l'on paie les faveurs des femmes. Alors, pour en revenir à Djelfa et à la DBFM, lui Nourredine est allé se renseigner une dernière fois avant de s'engager. Son père en grande tenue a voulu l'accompagner à la caserne. Là où le bureau de recrutement avait pignon sur rue. Son père bardé de ses décorations pendantes sur sa poitrine avait grande allure. D'ailleurs la sentinelle et l'officier de garde l'avaient salué. Son père avait tenu à expliquer à l'officier le pourquoi de sa présence ici avec son fils. L'officier-lieutenant avait très bien compris et il les avait fait accompagner par un adjudant en attendant que le bureau d'engagement soit ouvert. A « la popote » comme lui a expliqué son père, comme si lui, Nourredine, ne le savait pas. Il avait laissé expliquer son père. L'adjudant, un vieux de 45 a été respectueux. Ils ont bu le café et le thé accompagnés de tartines beurrées et même avec des dates de Biskra sans doute, tant elles étaient bonnes. Et puis un capitaine les a reçus, écoutés attentivement et cela à part des autres qui venaient s'engager aussi. Le père appuyé sur sa canne, assis raide comme un piquet écoutait en approuvant de la tête sans dire un mot. Nourredine est sorti content parce que son père avait été reçu avec dignité, même salué par un commandant. Oui, un quatre galons d'or avait salué son père et même discuté un peu avec lui. Ça, lui, Nourredine, ne l'a jamais oublié. La reconnaissance de la France envers un des siens. Si son père avait eu je crois sa dernière grande joie en Algérie, ce devait être ce jour-là. Lui avait signé ses papiers, toujours des papiers. Sa convocation, il la recevra dans trois jours si sa visite médicale était bonne. Le commandant était intervenu pour qu'il passe cette visite l'après-midi même avec ceux engagés avant lui. Son père était fier. Ses médailles rutilantes lui valaient cette faveur. Même plus. Le commandant et le capitaine du recrutement ont promis qu'il serait affecté à la

Demi-brigade et qu'il garderait son galon de caporal qu'il avait gagné à son service militaire. Le père et lui sont sortis. Le soleil plus brûlant que d'habitude brillait d'or lorsqu'ils sont repartis chez eux. Partout autour d'eux la plaine était belle, dorée comme du bon pain. L'Algérie française est belle, super belle.

C'est le grand jour pour Nourredine. Ici, dans le douar, tout le monde est fier de lui. La marine, c'est pas pareil que les autres armées. Son père a les larmes aux yeux. Il a tenu à l'accompagner jusqu'au car qui va l'emmener à Djelfa rejoindre les autres engagés à la DBFM.

La veille de son départ, il est passé voir Leila pour se déclarer officiellement auprès d'elle. Elle l'attendra. Maintenant, il a une situation. Il peut envisager l'avenir. Nourredine aurait bien aimé voir les parents de Leila, hélas absents. Qu'importe, son père se chargera de faire le nécessaire pour la demande en mariage et le reste.

A Djelfa à la caserne.

Ils sont là venus d'un peu partout de Paul gazelle, de Bougie, même un égaré sans doute qui vient de Boufarik ! Ils sont donc là, entassés dans un JMC, lui pense à Leila. Il a le temps de réfléchir. Les trois JMC qui se suivent sont encadrés par deux autos-mitrailleuses. La route est longue. Longue et triste à pleurer. Enfin, vivement qu'il arrive à Couribga. Le DBFM se fait un honneur de traiter ses recrues correctement. L'entraînement doit être préparé le mieux possible. Près de lui, Karim, originaire de M'Sila vient juste de terminer ses cinq ans dans la coloniale. Il rempile mais cette fois dans une unité qu'il a vraiment choisie. C'était ça où il quittait l'armée. Super bien noté ce cabot chef a été pris, grâce à son commandant, un type compréhensif. Ce Karim, Nourredine s'en est fait un copain de suite. Sacré Karim, il rit, il chante à longueur de temps. Pour tout, pour rien, il est heureux. Même quand ce con d'Ahmed Hamida qui avait tellement envie de pisser sans pouvoir se retenir jusqu'à la prochaine halte qu'il a dû sous peine de pisser dans ses culottes, lâcher sa rosée de l'arrière du camion. Malheureusement, la route pleine de virages a obligé le JMC à tourner et le vent alors a rabattu sur eux toute l'urine d'Ahmed. Nourredine a bien cru qu'Ahmed allait se faire jeter du camion et sans l'aide de Karim qui riait et de Youcef Saadi, le responsable caporal chef, l'issue plus que probable de l'éjection d'Ahmed aurait été certaine. Curieux mec d'ailleurs que cet Ahmed, jamais positif dans ses paroles, parlant mauvais de la bouche comme on dit ici en Algérie. Dans sa bouche, les mots d'inégalité, racisme, armée d'occupation revenaient toujours. D'après lui les français se foutaient de l'Algérie. Le fossé entre les communautés se creusait de plus en plus. Bref, c'était à se demander comment il avait pu être engagé. Il râlait tellement que Youcef Saadi pourtant un calme parmi les calmes lui a dit de fermer sa gueule s'il ne voulait pas passer par-dessus bord.

Tous ont respiré de ne plus entendre ce phonographe usé qui à l'entendre avait toujours bouffé dans les palaces et dormi avec des stars. Qu'est-ce qu'il venait foutre à la DBFM. Etait-il français seulement ?

La route est parfois défoncée comme si on l'avait sabotée. Par moment, il se serait cru sur une piste de chameaux. On arrive bientôt gris de la poussière qui nous recouvre de la tête au pied. Nous nous sommes essayés à nous dépoussiérer à la dernière halte. La troisième et dernière halte du trajet. Peine perdue. Nous avons toujours autant de poussière sur nous. Ça y est, nous arrivons. Youcef a confirmé. C'est tant mieux. Comme l'a dit Moustafa, un mec de Bougie, même une grisette n'avait pas aussi mal au cul après une grosse journée de travail que nous. Ça nous a fait tous rire, même Ahmed.

C'est fait. On écoute le pacha. L'entraînement, qu'est-ce que c'est ? Trois mois à parfaire ou à connaître la maîtrise des armes, des explosifs, entraînement au tir, et cætera. Tout y passe, mortier, fusil mitrailleur, canon de vingt. Et puis quelques cours généraux, sport dans notre groupe. Deux copains seulement n'ont pas pu suivre pour raison de blessure. Une jambe cassée, l'autre un bras. Ils nous ont quittés pour où ? Mektoub. J'étais fier, nous avons tous été bons.

J'ai écrit à mon père plusieurs fois et j'ai eu la joie suprême qu'il me réponde par deux fois. Dans sa dernière lettre, plus grosse que les autres, sur l'enveloppe de laquelle il avait inscrit « fragile », il y avait sa médaille militaire, la vraie, celle que le maréchal Juin lui avait remise. Il a ajouté un mot disant que chaque fois que j'aurais un peu de cafard ou un doute, sur ce que je faisais, de la regarder. Il m'affirmait dans ce mot que cela me redonnerait le courage. J'avoue qu'elle m'a sérieusement servi. Vraiment, c'était un cadeau exceptionnel.

Pour moi, l'entraînement n'était pas déplaisant, j'étais déjà habitué à tout ça. Comme d'autres d'ailleurs. Cette médaille militaire ne m'a pas servi ici mais plus tard tant mon esprit a été dans le brouillard, perturbé, ne comprenait pas toujours le véritable sens de notre action. Et dans certains cas même ne comprenant rien à rien à ce qui se passait autour de moi. Je faisais ce que j'avais à faire. Parfois les villages alentours nous accueillaient avec le sourire, parfois en nous insultant presque.

Tlemcem, Ougda, la frontière algéro-marocaine. Quelques fois aujourd'hui, des dizaines d'années plus tard des anecdotes nous font sourire lorsque l'on se retrouve à Largentière par exemple histoire qui sur le moment nous ont mis en colère, voire presque révoltés. Comme en ce mois de ramadan…

Nous attendions notre ravitaillement en position depuis quelques jours à quelques kilomètres de la frontière marocaine. La viande ici se faisait très rare. Les gazelles qui abondaient dans la région il y a quelques années se faisaient plus rares que les pucelles dans un bordel. Le couscous séchait et le ravito n'arrivait pas. En un mot, l'intendance ne suivait pas. Alors les dattes et les cacahouètes, ça va bien un peu mais il ne faut pas trop insister. Les hommes s'irritaient rien que de penser à cette nourriture et comme disait Karim qui citait un prophète de son imagination sans doute.

« Ventre qui crie famine n'écoute pas la voix de la patience. » Bref, ça rouspétait dans les rangs et en plus Ahmed en remettait plusieurs couches. Or voilà que le JMC arrive. Ça se sait vite. C'est notre réputé téléphone à nous autres arabes, celui que les copains roumis appellent « le téléphone arabe ». Justement, je suis avec le sergent Jean Douix, un copain qui me charrie pour mon appétit de soi-disant cannibale comme il dit, me traitant amicalement d'encrassé. « Tu bouffes et rien ne te profite, t'es plus sec qu'une canne à pêche ». C'est sa phrase favorite, comme la mienne de lui répondre « Toi, ton estomac, c'est une gourde à pinard. Tu grossis chaque fois que tu vois un verre de pif rouge. » C'est vrai d'ailleurs que mon pote a tendance à prendre quelques bourrelets autour de la taille. C'est pas encore dramatique, mais il devrait faire attention s'il veut continuer à se voir pisser comme dit Karim. Ce gentil con de Jeanot continue « Tu peux attendre encore quelques jours, tes hommes et toi, il reste des milliers de tonnes de sable à bouffer. » Et il rit ce con, même que Karim ne suit plus. Et Jeanot a beau nous donner les pâtes de fruits qu'il a récupérées chez ses potes commandos qu'il ne le suit plus dans ses tranches de rigolades comme il dit. Ils peuvent rire les roumis hier encore ils pleuraient. Leur camion arrive aujourd'hui et va leur permettre de faire bombance ce soir. Ils boufferaient les rochers sans lui.

Jeanot parti quelques deux heures revint nous dire que si notre ravito n'était pas là dans deux heures le leur serait partagé avec nous sauf le porc et le pinard qu'ils se réservaient.

Karim a ri un peu et Ahmed lui a dit :

— Comment pourrait-on recevoir notre bouffe ? Le camion a paraît-il sauté sur une mine à cinquante bornes d'ici.

— Parce que, Ahmed de mon cul, le pacha a demandé qu'un hélico vous l'apporte. T'es content ?

— Faut d'abord le recevoir. Ce ne sont peut-être que des paroles. Ce serait pour vous peut-être… pour nous, makach.

J'ai cru que le sergent Douix allait éclater. C'est vrai que l'autre comme un disque usé continuait à critiquer l'intendance, le passe-droit…

— Ecoute Ahmed, on fait partie de la même unité, la même famille. Notre ravito, on le reçoit pour des raisons que tu connais en deux chargements. Comme tu le dis, votre JMC s'est pété la gueule sur la piste, c'aurait aussi bien pu être le nôtre.

— Ouais, mais c'est le nôtre.

Karim a pris ça à la rigolade.

— Même les mines ont des préférences, Ahmed.

Ahmed est parti. Heureusement, j'ai cru que Jeanot allait lui flanquer une dérouillée, ce qu'Ahmed souhaitait peut-être. Avec lui, on ne sait jamais, rien que pour nuire à Jeanot.

Enfin, le ravito arrive. L'hélico se pose une demi-heure après. Je suis occupé à établir le tour de garde pour le lendemain.

Je souris, Ahmed ne pourra plus râler. Mais après les cris de joie, j'entends des gueulantes. C'est presque l'émeute. Je vais voir. Par Allah, c'est le cirque.

— Qu'est-ce qui se passe ?

Karim rit, plié en deux.

— Qu'est-ce qu'il y a ?

— Ils se sont gourés ces cons.

Chouffe, Nourredine, chouffe. J'écarte mes hommes. Des cartons éventrés, gisent des boîtes de cassoulet, de choucroute, de porc en gelée, du pinard, de la bière. Je m'adresse au pilote de l'aéro.

— Qu'est-ce que c'est que cette embrouille ?

— Quelle embrouille ? On me dit de livrer au douze ce ravito, j'exécute. Impossible de se faire entendre. Tout juste s'ils ne nous lynchent pas tes hommes.

Jeanot arrive.

— Quid, Nourredine.

— Ils se sont gourés de poste. Ils viennent de livrer ici le ravito du douze.

Les pilotes ouvrent de grands yeux et bégaient :

— Quoi ?

— Ici, c'est le huit. Le douze, c'est sur l'autre versant.

— Merde !!!

— Oui, c'est le mot.

Jeanot et moi, on calme les esprits, d'autant qu'un hélico arrive et se pose.

— C'est bien le nôtre.

La révolte se calme et Ahmed est obligé de se la fermer. Pour le reste, personne n'a voulu remettre le ravito du douze dans l'hélico. Tant bien que mal, les roumis, Karim et moi on s'est tapé le rechargement.

— Tu sais, Jeanot ?

— Ouais.

— Il faudrait que l'on veille à faire quelque chose pour Ahmed, le muter à l'arrière. Ici, il devient négatif.

— C'est ce que je pensais.

Cette histoire a fait du chambard et a rendu Jeanot mort de rire pendant des jours. Vous pensez, du porc et de l'alcool pour des musulmans ?!

Je l'aime bien mon pote Jeanot mais parfois il est vraiment lourd, mais alors plus lourd qu'un éléphant dans une boutique de porcelaine.

Les jours passent, les accrochages se multiplient. Et c'est une perm, enfin. Le mariage avec Leila est programmé. Mes potes sont là. Karim et mon roumi, Jeanot, pour une fois discret et même affable.

Et puis les mois passent et l'année maudite est arrivée.

1962. En ce début d'année, les français sont angoissés, nous marins et harkis encore plus peut-être. C'est presque la fin. Des nuages noirs obscurcissent le ciel. Dans les villages, nos familles sont menacées. Certains commerçants nous évitent. Hier encore amis, aujourd'hui en quarantaine. Et demain ? Dans certaines unités, des désertions. Oh, pas énormes mais quand même. Pourtant nous sommes encore beaucoup à croire encore, moi peut-être plus que les autres que nous allons pouvoir négocier une paix loyale, décente. Pourtant plus les jours s'écoulent, plus les espoirs d'une paix des braves s'éloigne. Je suis paumé. A quoi cela sert-il que nous soyons un département français ? Les vengeances personnelles se multiplient dans les douars. Le FLN et l'ALN font leur justice envers tout ce qui est ou a été sympathisant français. Parmi les nôtres, les familles doivent quitter leur village. Rester devient suicidaire. On parle entre nous de notre rapatriement en France. Le mot « métropole » est périmé. Nos familles se préparent avec difficulté à cette obligation. Notre commandant a précisé que tout irait bien pour nous. La marine n'a jamais failli à son devoir. Elle n'a qu'un mot pour elle qui compte. L'honneur. Elle ne laissera donc pas les siens. Ça, nous on le croit. On en est sûr. Le reste « inch'Allah ».

Chapitre 8 – *Jacques Pendino.*

Mais revenons en arrière, à la DBFM en 1956, beaucoup y croit à l'Algérie française. C'est le cas des Pendino. Paul, dit Polo, au commando Montfort et puis aussi Jacques Pendino, le frère. Pourquoi la DBFM pour ce dernier ? Lui-même le dit avec ses mots : « J'étais embarqué sur un escorteur côtier à Casablanca, avant l'indépendance du Maroc. J'ai entendu parler à cette époque que la marine formait une unité d'infanterie sous forme de bataillon pour participer aux opérations terrestres en Algérie sous l'appellation Demi-brigade de Fusilier Marin ! Je me suis dit : J'en ai marre du mal de mer, et je me suis porté volontaire. »

Allez, c'était parti. Trois mois de formation à Kourifa (Couribga) avec toutes les connaissances nécessaires pour l'armée terrestre. Utilisation d'explosifs, entraînements au tir, maniement des armes, FM, et cætera.

Destination Nemours. Enfin affectation, troisième bataillon de fusiliers marins, destination la frontière algéro-marocaine. Oujda, Tlemcen. Je ne vous parlerai que très peu des routes sinueuses suivies de pistes bordant quelques ravins.

Tout cela dans des nuages de poussière. Nous avancions cahin-caha sur ces routes bourrées de nids de poule. Par une de ces routes, nous sommes arrivés à Azouna, accueilli par des autochtones avec des grands sourires, paysans qui nous vendaient poules et œufs. Avec qui l'on buvait le thé à la menthe et mangions le méchoui lorsque c'était la fête chez eux. Ça, c'était le bon côté de la chose, mais il fallait crapahuter, monter sur des collines, les mortiers de soixante et quatre-vingt, les canons de vingt millimètres installer les fils de fer barbelés. Notre boulot : la pacification. Un toubib accoucheur se rendait partout où on le demandait et je vous prie de croire que l'on venait de loin pour lui. Il se déplaçait à longueur de temps. Je faisais partie de son escorte de protection. Super de voir les femmes crier leur joie devant la naissance de leur bébé. Dans la région, il y avait des légionnaires, des tirailleurs africains, des spakis, et bien sûr quelques commandos marine, dont je n'ai jamais vu la couleur de leur costume, recouverts de djellaba et turban au lieu du béret.

Pour le reste, bord de mer magnifique avec pêche à l'anguille, à la grenade oblige. Poissons de toutes sortes et grosses moules accrochées aux rochers qu'il fallait après avoir plongé, décoller au poignard.

Revers de la médaille. J'ai accepté un certain temps de faire l'ouverture des pistes avec la poêle à frire. J'en ai repéré quelques unes que nous avons désamorcées. Le boulot spécifique appartenait à un premier maître des commandos qui en avait la responsabilité, ancien d'Indochine, balafré, une balle lui avait labouré la joue. C'était un dur, sans peur. Nous avions totale confiance en lui comme chef de groupe. Une fois j'ai déniché une mine artisanale dans le trou. Il y avait trente bâtonnets de dynamite. Le premier maître m'a embrassé et j'ai eu une médaille pour récompense.

Nous avons été attaqués sans succès par les fells et nos opérations nous ont souvent permis de découvrir des caches d'armes.

Anecdote.

Une fois, en revenant de nuit d'une opération nous avons observé plus de cent fellagas passer la frontière. Nous sommes restés bien sages au fond de l'Oued. Ils ont été accrochés plus loin. Après dix-huit mois de bled, j'ai décidé de rentrer en France pour réembarquer plus tard.

DBFM. Comment ne pas citer notre ami Duclos. QMCS. Il est fusilier. Des anecdotes plein la tête. Curieuses, suaves, pittoresques. Il nous en livre quelques unes.

Exemple, celle du 13 juillet 1959. Opération jumelles. Kabylie. Embuscade et bivouac de nuit. Un tiers de la section change de poste de couchage. Accrochage dans la nuit. Feu nourri déclenché par l'ALN. Plusieurs blessés de leur côté, deux prisonniers. Le jour se lève. Je constate que l'emplacement que je devais occuper la nuit, est criblé, labouré par des projectiles d'armes automatiques, américaines Thomson onze, quarante-trois. Sacré pot que j'ai eu.

Septembre 1959. Pause. Je reçois l'ordre de placer mon équipe en protection. Mon premier binôme est mis à environ une dizaine de mètres du reste de l'équipe. Le groupe renforcé numéro deux nous signale une source d'eau à proximité. Six cents mètres ! Nous partons avec nos gourdes sans les housses. C'est à ce moment précis que mon binôme de protection signale l'alerte. Je me déplace rapidement. Deux tissals étaient sur une piste et montait vers nous. Dès qu'ils ont entendu les gourdes vides s'entrechoquer, ils ont fait demi-tour. Je rends compte immédiatement par PP8. En retour, je reçois l'ordre de les poursuivre avec mon unité. J'avance rapidement en lisière de forêt avec les trois binômes. Mais je ne vois alors plus rien. J'essaie de reprendre contact avec le PP8 mais rien ne passe. Au bout d'un quart d'heure environ de recherches prudentes et infructueuses, je donne l'ordre de retourner sur nos pas. Arrivés sur les lieux de la pause, l'adjoint de la section me dit que nous étions à cinquante mètres d'un groupe de l'ALN. Ces derniers camouflés étaient en position de tir. Ils n'ont pas ouvert le feu. Il avait l'ordre de s'esquiver. Conclusion : si ma radio avait fonctionné normalement, je ne serais pas là aujourd'hui pour vous narrer cette anecdote.

Moralité : la mort, la vie en guerre ne tiennent souvent qu'à un fil. A noter que nous avons quand même rempli nos gourdes d'eau fraîche.

Anecdote. Août 1960. Sud de Marnia. Une équipe de volontaire pour prendre du matériel à Nemours, équipement, et cætera. Je suis arrivé là-bas et après le boulot quartier libre. Direction Bellevue avec deux copains. Je les accompagne pour boire une bière. Bon accueil parce que sans doute comme chez madame Claude, il faut être connu et les copains l'étaient. En nous rendant au centre ville, je rencontre un ami, ancien chef de groupe de la section de mes deux copains. Il a été nommé à un grade supérieur et muté au commando tempête. On boit un coup puis deux. Le temps passe sans que personne ne s'en aperçoive et ce qui devait arriver arriva. Le convoi part sans nous ! On nous invite à dormir chez la madame Claude. Nous passons la nuit d'une façon différente chacun. Pour les deux copains, ça a été la fête. Le copain de tempête téléphone à notre chef de section et lui dit que nous avons été hébergés pour la nuit dans son unité. Le lendemain, taxi. En route pour sur Marnia.

Arrivés au poste, nous sommes consignés et convoqués de suite chez le nouveau commandant du bataillon de Si-Med Jamed. Durée de l'entretien quelques petites minutes, sourire en coin du commandant surnommé Beau Pierre. Sentence : quinze jours de prison avec sursis.

Le plus drôle est à venir. Les années ont passé. Seize ans plus tard, je suis affecté en région parisienne dans une base de l'aéro. Je dois me déplacer à Brest. Je me trouve à côté d'un amiral (le beau Pierre) qui me demande si je le reconnais. Je réponds « oui » et lui explique les circonstances de notre rencontre.

Grosse rigolade tous les deux.

Anecdote coquine.

Un ami très intime m'a raconté cette anecdote savoureuse et coquine. Il assure la protection avec son équipe de la porte principale de la base. Dans l'immeuble d'en face situé juste de l'autre côté de la rue, une jeune fille algérienne nettoyait les vitres d'un appartement. Quelques signes sympas de part et d'autre. Le lendemain, idem. Mon ami, par politesse, traverse la rue pour aller saluer cette demoiselle. Quelques paroles d'usage. Devant lui, yeux de gazelle, sourire enchanteur et corps de rêve. Mon ami phantasme. C'est presque… C'est Shéhérazade en personne qu'il a devant lui. Réserve de bon ton, il est sous le charme. Mon ami langue de velours obtient un rendez-vous avec la belle dans un restaurant qu'il lui a demandé de choisir. Rendez-vous pris pour le lendemain.

Ils sont tous les deux les yeux dans les yeux. Le dîner bien arrosé et déclaration de circonstance, mon ami se surpasse. Casanova en personne. Mon ami est comblé. Une nuit torride, épaisse et voluptueuse. C'est une mélodie qui se joue, amour, amour.

Le lendemain, mon ami est parti en métropole. Désarmement de l'unité. Il doit revenir à Siroco pour une nouvelle affectation au 1er juillet 1962. Je le vois souvent. Il termine son histoire. Ne se sentant pas très bien à son arrivée en métropole, il se rend au service de santé à Paris avant son retour pour l'Algérie. Consultation. Direction immédiate sur l'hôpital du Val de Grace. Diagnostique : maladie honteuse ! Chute libre de la romance. Quinze jours seulement qu'elle s'est jouée. Mon ami fulmine. Comment lui se faire piéger ?! Lui qui pendant huit ans était passé au travers de toutes ces embuscades sexuelles ! Enfin, il se console. N'était-ce pas en effet un souvenir d'échange entre lui et sa belle algérienne. Pour une fois qu'il ne payait pas un transport amoureux. La pacification, il s'en souvient encore comme de ce dernier souvenir d'Algérie.

DBFM. Un héros, commando fusilier. Plus un grand soldat. Le sergent Salah Amidou qui est revenu en France avec trois citations à l'ordre de l'armée, trois autres à celui de la division. Il a payé de sa chair, ces distinctions, ses cicatrices font foi de l'honneur, de la parole donnée depuis son entrée à la harka de la DBFM.

Né à Souajlia, connaissant très bien la région, il a défendu la maison familiale avec pour seule arme un fusil de chasse ! Cela se passait en 1957, une bande était venue le harceler. Mais il sait de qui tenir. Son père ne sert-il pas dans la DBFM, son père qu'il respecte, lui le digne fils d'Abdel Kader Salah. Saint Georges a détecté en lui un vrai guerrier. Sahal, appelé gentiment Amidou entre au commando Tempête. Il est sympathique, jouant et marquant le rythme des chants lors des soirées de détente. Pisteur hors pair, il sait relever mieux que personne les traces de pataugas, les indices les plus infimes : un simple bouton, un morceau d'étoffe. Amidou participe à de très nombreuses missions avec succès. Il restera un élément de valeur de Tempête. Dans l'équipe des grottes, il saura également être plus qu'utile : indispensable. Le commando Tempête est dissout le 6 mars 1962.

Que d'exemples admirables, de bravoure, d'abnégation. Des anecdotes par dizaines, des drames aussi. Et puis ? Et puis l'Algérie, pays de rêves devenu le théâtre de remous, de combats entre deux communautés qui auraient dû s'entendre mais qui se sont entre-déchirées. Pourquoi ? Une indépendance. Sa terre foulée par des milliers de combattants, mais qu'y pouvait-elle ? Que de laisser enterrer en ses entrailles une débauche de jeunesse de part et d'autre. Mais maintenant que vivent le pétrole de Messuoud, le gaz de Laghouat. Fallait-il tout ce sang versé au nom de l'indépendance. N'y avait-il pas un autre moyen d'éviter cette guerre ?

La suite. Que sont-ils tous devenus nos amis, tous associés sans priorité de grades. Ils faisaient partie d'une même famille : officiers, officiers mariniers, sous-officiers, marins, et cætera.

Allez, ne soyez pas amers ni nostalgiques, c'était vos vingt ans.

Epilogue

Mars 1962. Le rocher noir, les accords d'Evian. Quels accords d'ailleurs ? Le FLN et l'ALN ont gagné ici plus que sur le terrain. Les français ont tout accordé, plus qu'il ne fallait pour le bon déroulement du départ des pieds noirs lors de l'indépendance. C'est ce que diront bon nombre de témoins de l'époque. Car dans les villes, c'est la chienlit comme le dira plus tard le Général, vous savez, le grand. Mais il le dira ce mot dans un autre contexte, peut-être plus négatif pour lui. Là-bas, sur cette terre qui n'est plus française pour une signature sur un morceau de papier, personne ne sait plus quoi faire. Les pieds noirs partent ou sont partis, c'est bien connu, une main devant, une main derrière avec parfois un sac en bandoulière et une valise à la main. Des pleurs gros comme des montagnes, entassés lorsqu'ils avaient la chance de partir sur les ponts et les cales des navires et dans les quelques carlingues d'avions disponibles. Souvent des embarcations de fortune faisaient l'affaire. Pas mieux accueillis en France que les clandestins d'aujourd'hui. C'est ce qu'ils disent, n'est-ce pas. Peut-on les faire taire ? Ils fuyaient avec raison ce pays chéri, laissant derrière eux ce qui était leurs racines, leur vie, même leurs tombes. En bref, ils repartaient comme leurs ancêtres étaient venus : sans rien.

Et les harkis ? Et bien eux avaient eu le tort de choisir le camp des vaincus sur le papier. Leur deuxième erreur pour un certain nombre d'entre eux était d'avoir choisi le pécule proposé par la République et être rentrés chez eux, croyant en… Mais c'est une autre histoire, n'est-ce pas ?

D'autres, ceux de la DBFM furent embarqués avec leur famille sur le BDC « le Trieux », un bâtiment de débarquement de chars ! Voyages épouvantables de ces familles, navire balloté par une mer en colère qui semblait regretter ces départs d'une terre qui était leur, mais tous arrivèrent à bon port.

Et l'Algérie alors ?

Pour ceux qui sont restés dans les banlieues des grandes villes, dans les campagnes ? Des rescapés l'ont raconté, ce fut terrible, horrible. Dans les villes, c'était les vengeances personnelles, les passages dans les villas extérieures dont on revenait parfois ! Dans les campagnes ce fut pire. Et puis… Et puis. Mais parlons plutôt des amis qui emplissent ce livre. Que sont-ils devenus ?

Amidou Salah est devenu Patrick Salah, a épousé Huguette, rapatrié par la marine en France. Il était entré dans la gendarmerie. Il en est sorti major, décoré de la légion d'honneur, fait officier de l'ordre du mérite.

Saint Georges a démissionné de la marine pour s'engager à œuvrer pour sauver, soutenir les harkis d'une mort probable. L'honneur n'est-il pas un de ses mots favoris et une de ses qualités premières ?

Levauffre a quitté l'Algérie en juillet 62, écœuré et dégouté de beaucoup de choses. La gendarmerie recrutait. Il a été partant volontaire en tout dans ce corps d'élite : pisteur, secouriste en station de ski l'hiver, maître-nageur sauveteur l'été sur les plages de la côte, vers Nice. Puis stage de plongeur et moniteur auxiliaire en Corse. Démission, gérant de l'île de Cavallo, entre Bonifacio et la Sardaigne. Puis suite aux problèmes corses, Marseille l'accueille, patron d'un petit remorqueur, second sur un gros, puis patron mécanicien sur une vedette à passagers. Deux cents, trois cents personnes Trajet châteaux d'If – Frioul. Et pour finir sa carrière pro : maître de port au vieux port de Marseille, s'occupant ensuite à sa retraite des siens et de lui, jouant les hippopotames en famille dans sa piscine sans oublier son passé pour autant.

Nourredine était de ceux rapatriés avec les siens après mars 62. Appuyé aujourd'hui sur une canne, buvant le thé à la menthe avec des compatriotes de là-bas, il ne comprend toujours pas comment un département français a pu vouloir son indépendance et l'obtenir. Pourquoi pas la Corse, la Bretagne, le Rhône ? Avant sa retraite, pendant ses longues nuits de gardiennage, chef de poste à son arrivée en France d'une société de gardiennage, il a eu le temps pourtant de ressasser ça, sans succès ! Tous les jours qu'Allah fait, il salue le drapeau français placé au dessus du buffet de la salle à manger. Sa seule satisfaction, c'est d'être français à part entière. Il sait et ça il en est sûr que les harkis et marins de la DBFM ne sont pas oubliés.

A l'occasion de l'anniversaire de leur installation en métropole, ils ont été honorés à Saint Jean Largentière. Une grosse journée. Il y a vu d'ailleurs Abdelkader Chami, Belgherbi, Lakhdor, Amar Siad et aussi Habib Mehadji. Des femmes aussi ont été honorées : madame Salah Fatna épouse Hadj, Zedam Khadidja, et cætera. Une vraie journée de souvenirs ou d'anciens frères d'armes étaient présents.

Nourredine n'oublie pas ses amis tombés là-bas, de l'autre côté, sa terre natale. Comme son ami Jeanot le Roumi se souvenant de tout, même et surtout des trahisons comme celle d'Ahmed Hamida, passé avec armes et bagages de l'autre côté avec trois autres renégats. Ce même fils de porc qui avait lui-même tranché la gorge à leur copain Karim passé chez lui à M'Sila pour rapatrier les siens en France. Cet infâme Ahmed Hamida connaissait ce déplacement. Pauvre Karim qui paraît-il ne s'était pas méfié en le voyant venir à lui sourire aux lèvres. Pauvre famille de Karim qui a subi le même sort, sauf sa fille Yasmine cachée dans les w.c. et qui avait tout vu.

Notre caporal chef Nourredine Benjeloud en a gros sur le cœur, même quarante ans après. Mais quoi faire ? Ce qui l'ennuie le plus jusqu'à lui créer des maux d'estomac, c'est que paraît-il l'infâme Ahmed, que les vers le bouffent à sa mort, serait en France ! Naturalisé avec toute sa famille ! Mais lui, Nourredine n'y croit pas, ce sont des histoires de vieilles femmes. A écouter les porteurs de ces nouvelles, il y aurait des milliers de personnes comme ça qui auraient bouffé du pied noir, du harki et qui seraient dans les mêmes cas que cette ordure d'Ahmed ! Ce n'est pas possible !

Lors de la cérémonie de Largentière co-présidée par le vice amiral Moulin et du préfet de l'Ardèche monsieur Vian ainsi que du contre-amiral Bordier, il avait vécu une belle, très belle journée. N'était-ce pas le principal ?

Touraille, dit Bobosse, après avoir quitté la marine se lance dans la mécanique, son amour après la marine. Plusieurs amours aussi, plusieurs mariages. Toujours pris sous le charme, peut-être pas toujours payé en retour. Des enfants. Quelques affaires pas toujours nettes à son corps défendant, douteuses sans le vouloir réellement. Quelques semaines gardé au frais de l'Etat et puis ce qui s'en suit obligatoirement ou presque : la solitude à nouveau. Et puis, et puis la vie continue. Notre Bobosse sait réagir. Les amis, les commandos, pour le moral c'est bien. ET la vie, cette vie que Bobosse a toujours mise en danger sait se montrer à la hauteur quand on a le courage de l'affronter à bras le corps. Ça va mieux. Bobosse se repose. Bobosse a sa femme, ses amis, ses enfants maintenant.

Pendino Paul, dit Polo, dit la gelée. Après la marine, il se lance dans la limonade avec Zette, sa moitié, son amie fidèle, sa femme. Puis il laisse la limonade pour la restauration plein air avec son fils Philippe. Bonne marchandise, bon travail, bonne idée. L'affaire éclate, tout le monde bosse là-dedans, même le petit-fils. Vive la campagne et le haut Beaujolais. Le calme de la région, la verdure qui contraste avec le sable de là-bas. La fraicheur avec la chaleur. Il respire notre Polo. Les petits footings du matin, la rosée inondant les près, l'air pur et les champignons. Au milieu des sapins, des poules, des chèvres il est bien. Mais voilà, Philippe est fatigué et Zette, l'hiver n'aime pas particulièrement la solitude et le froid. Vincent, le petit-fils veut être garde-forestier plus tard. Alors c'est la vente aux anglais d'une partie du sol français. Vive l'Europe !

Aujourd'hui il habite vers Tain l'Hermitage. Polo correspond avec ses potes, avec le général Bigeard. Il s'ennuie ?

A savoir, mais il y a Zette et quelques manifestations d'anciens comme celle de Saint Jean Largentière. Pour lui c'est fini d'être porte-drapeau dans l'association de Claude Duclos, il réside trop loin, mais les liens sont toujours là.

Charles René Travaillini est mort dans son lit. Il faut lui rendre un hommage. Avec l'ultime joie de savoir qu'il était père, et que son amour unique a peut-être été pur. C'était un ancien d'Indochine mais il s'associait tellement à l'Algérie.

Burnichon est mort aussi, encore jeune, des bonnes fortunes, en Océanie, les îles de rêve. La sécurité dont il faisait partie, ses nouveaux jobs. Elle était si loin et si proche la chapelle au clair de lune de cette belle Indochine où la presque totalité du commando François y est restée à jamais. Le Burniche, mon copain est parti rejoindre ses amis. Il doit leur expliquer ce qu'était l'Algérie. Une guerre différente mais comme toutes les guerres sans aucun doute aussi conne !

Maurice Udoix est rentré d'Algérie en 62 comme beaucoup, mais lui a continué dans la marine. Il en est sorti officier des équipages. Sa femme Gisèle lui a donné deux fils dont l'un est dans la marine et l'autre… dans la photographie.

Installé vers Saint Raphaël, aujourd'hui retraité, il vit comme un pacha. Entre ses réunions d'anciens et ses clubs il est heureux. De temps en temps, Jean Louis Secretin, commissaire principal en retraite passe le voir. Ils prennent un casanis ensemble. Il se pose toujours des questions, Monsieur le commissaire. Mais bah, de toute façon il y a prescription, n'est-ce pas Momo ?

Elies, lui, vit à Hyères. Estimé de ses anciens commandos, il les réunit dans sa propriété. Je dois le rencontrer prochainement.

Paul Henri aussi est près d'Hyères, à la garde. Après l'Algérie, il a poursuivi sa carrière dans la marine, CS dans les commandos. Hubert et Trepel pour finir à l'école de plongée Saint Mandrier, instructeurs / Nageurs. Enfin de 1975 à 1990, moniteurs à INPP (Institut National de Plongée Professionnel).

Actuellement dans le Var, il se souvient, participe à des réunions d'anciens. Il s'occupe, quoi ! Après avoir été actif comme il l'a été, on ne peut pas décemment regarder pousser l'herbe !

A revivre ou à faire revivre un peu le passé, chaque homme que j'ai rencontré me laisse à penser que tous gardent au fond de leur cœur et chevillée à leur corps l'odeur de cette terre d'Algérie qui est un peu la leur pour avoir payé leur passage au prix fort, avec leur jeunesse, leur vingt ans.

Moi je voudrais remercier ceux qui par leurs anecdotes m'ont permis d'en faire ce livre :

Paul henri, Touraille, Pendino Jacques, Levauffre, et tout particulièrement Pendino Paul et Claude Duclos avec une pensée personnelle à Travaillini Luiggi, Udoix Maurice et Nourredine Sahal qui ont bien voulu paraître dans ce roman.

Enfin, personne ne saurait oublier ceux qui de chaque côté font corps aujourd'hui avec cette terre qu'ils ont tant aimée mais pour tous ceux-là, ce n'est qu'un « au revoir ».

Le journal « Le Dauphiné », 23 juin 2002 :
la marine n'a pas failli à l'honneur.

A l'instigation des anciens commandos de la DBFM, Vivier, De Joybert et Flichy, était créée l'association amicale de la DBFM (AADBFM) dans le but de venir en aide aux anciens harkis.

Quelques chiffres :

J.O. du 4 au 7 août 1986 :

Personnel d'active :	317 454
Personnel appelé :	1 101 580
Personnel supplétif :	200 000
Total :	1 619 125

Nombre de blessés en Algérie:	60 188
Nombre de tués en Algérie :	23 196
	dont 6 400 appelés.

Du 19 mars au 30 juin 1962, l'armée eut cent vingt-deux tués plus deux cent huit décès par accident ou maladie, trois cent quarante-neuf blessés et trente six disparus. Au deuxième semestre 1962, trente tués, soixante-treize blessés et cent vingt-six disparus.

Les civils, harkis, pieds noirs, et cætera... des dizaines de milliers.

Cet ouvrage s'achève car il faut bien qu'il le soit. Je vous remercie encore vous tous. Merci surtout d'avoir existé.

Album de famille

Aujourd'hui...

Nous avions vingt ans

Photographe et journaliste et auteur du livre - OREM etc...
René Bail que son ami Bonnerque a photographié pour la postérité.
« La Marine, il connaît, il a donné... »

A la « Chèvrerie »

Touraille, dit « Bobosse » et son frère. Pendino dit « Paulo » et son beau-père.

« Largentière »

Le Général Delayen et Pendino

« Largentière »

EV Bombon - Pendino

L'Amiral Moulin

L'Amiral Yann Bordier et
Habib Mehadji

Lakhdar Belgherbi
Abdelkader Chami

« Largentière »
2002

Le drapeau des Harkis de l'A.R.H.E. et le fanion
de Yatagan et de Tempête.
De g. à dr. : Amar Siad et son fils Jacques,
Moktar Kilali, Raba Mahboub, Abdelkader
Chami, Lakhdar Belgherbi

Mohamed Mouslim, Pt de l'A.R.H.E.

L'Amiral Moulin

« Largentière » 2002

Ax - Martinez - Lavigne - Burieux - Pendino P.

« Largentière » 2004

Lavigne - Amiral Raguet - Président - Touraille - Touchard - Pendino P.

« Largentière » DBFM et commandos

Quelques noms de personnalités :
Mr Mousmin Mohamed, Président de la section Provence-Côte d'Azur
Mr Pendino, Commande Montfort
Mr Raclet, Président de l'amicale des fusiliers marins,
commando Provence-Côte d'Azur
Mr Robelin, commando de Montfort

« Largentière »

Pendino - L'Amiral Raguet - Duclos

« Largentière »

Touraille - Pendino - L'Amiral Raguet - Poncet

« St André de Cubzac »

Touraille

« Largentière »

L'Amiral Raguet - Paul Pendino

A la « Chèvrerie » Mr Touraille, dit Bobosse et son ami Faulo, cinquante ans après...

Touraille - Pendino ; retrouvailles.

« Gibles »

Pendino dans sa ferme de Saône et Loire

A Paul PENDINO - un initié,

« Je rappelant notre amitié entre commandos Marine et nos histoires d'hommes. Dans des circonstances exceptionnelles car nous étions entre hommes.

L'histoire de la guerre d'Algérie vivra gravée en eux comme un secret que l'on partage qu'avec des initiés »,

avec mes amitiés

SIROCO

Touraille
A St André de Cubzac

Lecture du manifeste 1913 - 97

un de la Légion Etrangère
a la manière que je salue avec
tous les honneurs Bilancelli

Jeanine Mace, fille
de proprietaire D'Arzew.

Un peu la mascotte
du Commando T

RÉPUBLIQUE FRANÇAISE

CITATION

ORDRE N° 990 EM3/REC DU 11 SEPTEMBRE 1959

Le Vice-Amiral d'Escadre QUERVILLE
Préfet Maritime de la 4ème Région

CITE A L'ORDRE DU CORPS D'ARMEE

TOURAILLE André, matricule 1750 T 57, de la Demi-Brigade de Fusiliers Marins

"Affecté à la Demi-Brigade de Fusiliers Marins en juin 1958, a servi à la 24° Compagnie depuis février 1959 puis à la 3° compagnie du Bataillon d'Intervention depuis le 23 juin 1959. Modèle de bravoure, d'endurance et de robustesse.

Blessé le 19 juillet 1959 dans le Djebel BOUICH (Mont du HODNA) alors que volontaire pour cette mission, il progressait de nuit vers un poste de guet rebelle qu'il venait de repérer".

Signé : QUERVILLE

P.E.C. TOULON, le 08 juillet 1997
Le commandant du CTIRH,
par ordre, le lieutenant de vaisseau Geneviève IDIART
chef du service BMM/2,

MARINE NATIONALE ACTIRH

CETTE CITATION COMPORTE L'ATTRIBUTION DE LA CROIX DE LA VALEUR MILITAIRE AVEC ETOILE DE VERMEIL.

Imprimé n° 307*/35 - Instruction n° 6100/DEF/CAB/SDBC/DECO/A/4 du 17 février 1992 - Réf. 10 1704 0 LAVAUZELLE 87350 PANAZOL

Mais, il y a cinquante ans... Nous avions vingt ans...

21 Groupe

Marchesehy - Ficher-
Richou - Ossey - Deril-
Granjean - Charles -
Burnichon

GMC - Commando Jaubert

Henri Paul

Commando
Hubert - Trepel

Port Say
(poste)

LCM de
débarquement

Alger - Port de plaisance

Onaine (Vue aérienne)

T6 - Texan (utilisé en Algérie)

Frontière Algéro-Marocaine

Nos abeilles

Siroco - Débarquement

Siroco
Petit exercice de mise en bras.
Jacques Pendino (DBFM)

DBFM

Claude Duclos

Un asaut du
commando Trepel - Grotte

Le Lauzaret - Siroco

Voltigeur 2ième section - Commando Trepel

Levauffre Siroco

Eliès en route pour le col de Foussara

Paul Henri et son joujou

P. Pendino - Djebel Sofiane

Levauffre Djebel

Maître Taillefer des Hélicos Marine

3ième bataillon de fusiliers marins
frontière algéro-marocaine

le fusilier marin Pendino Jacques
frère du commando Pendino Paul

Stage Siroco, 1957 cours de commando

Paul Henri - Pendino Paul à St Réan

Loguec
(ouin-ouin de Hacquard)
Coingnec

Pendino, commando de Montfort

Touraille André

Parachutage - Poste frontière

La pièce du 22 - Paul Coussi - Fusilier mitrailleur

Frenda - Le voltige de la 2ième section de Trepel

Pacification

Progression Oued Honaine

Claude Duclos

Bougie - 1960

Levauffre dans
secteur DBFM

Région Port Say - 1959

DBFF Section - Wendling - Le Rhon - Haiaich - Brindeau - Duclos - Gonnel - Marc

Philippe, lui tombé sur le Djebel Medboua ainsi que Dervieux

Carnet rose :
Zette et Paul Pendino
Tournon - 1957

Poste Requin
(Algérie)

Levauffre - Tiudouf

Falaise ouest du Djebel M'21 secteur d'Aïn-Sefra

Avril 57 - Ecole de fusiliers marins - Commando Siroco - Promotion commando français - Cours Granjean

Oran - Commando Yatagan

Commando
Pentefenyo

Siroco - vue aérienne

Le Pacha : Pontchardier
Le Lt : Servent
Le Ct : Coulonchec

On laisse la place
Le Ct Pontchardier
au
C.V. Vivier

Les médaillées

Mde Bedra Bellaudcène
lisant la lettre de
Mde Larfaoui

(Largentière)

RÉPUBLIQUE FRANÇAISE.

MARINE NATIONALE.

ÉQUIPAGES DE LA FLOTTE.

BREVET (1) ELEMENTAIRE DE FUSILIER

Les soussignés, Membres de la Commission d'examen du BREVET ELEMENTAIRE de FUSILIER certifient que le (2) Mar PENDINO

(3) MATRICULE 1747 T 57 né à LYON

le 27. 6. 39, a justifié devant eux de l'instruction théorique et pratique nécessaire pour obtenir le brevet (1) ELEMENTAIRE du FUSILIER et être admis à servir en cette qualité.

Fait à SIROCO, le 1er Septembre 1957.

Le Président de la Commission,

Les Membres de la Commission d'examen,

(1) Ajouter : provisoire, élémentaire ou supérieur.
(2) Grade, nom et prénoms.
(3) Immatriculé au Bureau maritime de recrutement de

Marine. — N° 1238. — Revues et armements. Éq. — 1949. (1277. Caro 115. — M. 1216). O.

RÉPUBLIQUE FRANÇAISE

MARINE NATIONALE

EQUIPAGES DE LA FLOTTE

CERTIFICAT DE COMMANDO

Les soussignés, Membres de la Commission d'examen du Certificat de COMMANDO certifient que le (1) Mlot PENDINO Paul

(2) 1747 T 57 né à Lyon,

le 27 Juin 1939, a justifié devant eux de l'instruction théorique et pratique nécessaire pour obtenir le Certificat de COMMANDO et être admis à servir en cette qualité.

Fait à Siroco, le 30 Novembre 1957.

Le Président de la Commission,

Les Membres de la Commission d'examen,

(1) Grade, nom et prénoms
(2) Immatriculé au Bureau maritime de recrutement de

Vos souvenirs :

Peut-être avez-vous envie de retracer en quelques pages vos propres souvenirs et en laisser une trace aux générations à venir... Ce livre est le vôtre, il est là, sera lu par vos enfants, petits-enfants... pourquoi ne pas laisser aller votre plume et, à votre tour, coucher sur le papier vos anecdotes tragiques ou amusantes... Votre vie...

Achevé d'imprimer sur les presses

PULSIO S.A.R.L. - Paris

Novembre 2007